UM AMOR DEPOIS DO OUTRO

UM AMOR DEPOIS DO OUTRO

HISTÓRIAS DE ENCONTROS E DESENCONTROS, INFORTÚNIOS E ALEGRIAS NA BUSCA PELO PAR IDEAL

IVAN MARTINS

A VIDA ANTES (E DEPOIS) DE SER FELIZ PARA SEMPRE

AGIR

Editora Nova Fronteira S.A.
Rua Nova Jerusalém, 345 - Bonsucesso - 21042-235
Rio de Janeiro - RJ - Brasil
Tel.: (21) 3882-8200 - Fax: (21)3882-8212/8313

CIP-BRASIL. CATALOGAÇÃO NA FONTE
SINDICATO NACIONAL DOS EDITORES DE LIVROS, RJ

M343a

Martins, Ivan
Um amor depois do outro / Ivan Martins. - 1. ed. - Rio de Janeiro: Agir, 2015.

ISBN 97.885.220.3081-1
1. Crônica brasileira. I. Título.

CDD: 869.98
CDU: 821.134.3(81)-8

SUMÁRIO

10 APRESENTAÇÃO
12 SE A GENTE TIVER SORTE
16 CASOS INACABADOS
20 AMAR NÃO É PARA TODOS
24 "EU TE AMO" SE DIZ NO OUVIDO
28 O AMOR NÃO DESAPARECE
32 SINCERICÍDIO
36 OS FILHOS
40 10 COISAS QUE VOCÊ DEVERIA SABER DEPOIS DE UM PÉ NA BUNDA
46 A FORÇA DO ACASO
50 OS HOMENS QUE GOSTAM MUITO DAS MULHERES
54 VOCÊ SUSTENTA?
58 O HOMEM-SOFÁ
62 O BONITÃO QUE NÃO SE APEGA
66 FIDELIDADE OU LEALDADE?
70 DEDO PODRE
74 VIDA BREVE

78 DÁ PRA PERDOAR?
82 STATUS DE RELACIONAMENTO
86 AMOR NÃO SE IMPROVISA
90 MEDO DE PERDER
94 "DEIXA NA PORTARIA"
98 COM A AJUDA DOS AMIGOS
102 AFETOS IMPOSSÍVEIS
106 ELE NÃO QUER NAMORAR?
110 MELHOR NÃO VER DE NOVO
114 NÓS, INCOMPLETOS
118 AH, OS MODERNOS
122 POLIAMOR
128 ESTÁ DIFÍCIL ENCONTRAR ALGUÉM?
132 SURRA DE CAMA
136 AMORES CLANDESTINOS
140 ELE É FOFO, MAS NÃO ROLA
144 O LIVRO ABERTO
148 O EX-BABACA
152 PROMESSAS NÃO SÃO PRA SEMPRE

156 COMO SE CONSERTA UM CORAÇÃO PARTIDO?
160 COMO DIZER ADEUS
166 QUERIDA FILHA,...
172 FORA DA CAIXA
176 DESTINO SE INVENTA
180 OS HOMENS QUE ODEIAM AS FEMINISTAS
184 ENFIM, UM HOMEM SENSÍVEL
188 O BILHETE EM BRAILLE
192 MEDO DE SER FELIZ
196 NOSSA TOCANTE PRECARIEDADE
200 A (EX) MULHER DE MINHA VIDA
204 QUERIDOS NOIVOS,...
208 O QUE A GENTE AMA, EXATAMENTE?
212 BONITAS, CHEIROSAS E SOZINHAS
216 HOMENS APRENDEM
220 VOCÊ É UMA CIDADE?
224 "AQUELA VACA!"
228 UMA CRIANÇA DA DITADURA
236 ANTES QUE A MORTE NOS SEPARE

ESTE LIVRO É PARA MARINA, QUE ME FAZ
FELIZ COM GATAS E BORBOLETAS.

UM AMOR DEPOIS DO OUTRO

A INCONSTÂNCIA DOS NOSSOS SENTIMENTOS — E DOS SENTIMENTOS DOS OUTROS — SIGNIFICA QUE AMAREMOS MUITAS VEZES. E ISSO É BOM.

Uma moça que eu conheço foi a uma festa de casamento e saiu de lá com o amigo mais bonito do noivo. Aconteceu outro dia, pouco depois do ano novo. Ela estava separada, triste e solitária. De repente, teve sua noite de Cinderela bem na frente do ex-marido que fora ao casamento com a namorada nova.

Essas coisas acontecem. Depois de uma tristeza avassaladora, quando o túnel da solidão faz curva antes da saída, um ato de alegria dá início à vida nova. Sinaliza o momento em que, subjetivamente, renascemos. Depende da sorte, mas não só. É preciso estar pronto por dentro.

Posso me lembrar de momentos assim em minha vida, de encontros que transformaram tudo. Eles não duram nem carregam maiores consequências. Sua função é outra: mostrar que é possível novamente nos preparar para o futuro.

A vida, já sabemos, é um amor depois do outro.

Desde a infância, com coleguinhas da escola ou da rua — por que o nosso coração, tão cedo, inclina-se em direção a uns e não a outros? Na adolescência, o amor nos consome e nos molda. Mergulhamos fundo no interior dos outros e de nós mesmos. Então, fascinados, queremos mais. São tantos rostos, tantos sabores, tanto prazer. Como se fixar? Alguns nunca conseguem. Farão quarenta, e cinquenta anos e ainda vão estar hipnotizados pelo corpo dos outros, exploradores incansáveis de novos mundos.

Os insaciáveis, porém, são minoria. Da mesma forma, são poucos, relativamente, os que nunca desapegam — aqueles que estão juntos desde sempre, que acharam a outra metade, a alma gêmea. Para eles, a turbulência amorosa da vida alheia se assemelha às tempestades de areia em Marte: distantes e incompreensíveis. A vida sentimental desses privilegiados, mesmo com seus altos e baixos, é uma planície serena. Lá fora, o mundo afetivo dos outros é uma cordilheira sacudida por terremotos.

Se isso soa deprimente, para mim é motivo de orgulho. Conquistamos o direito de viver livremente. Nossas escolhas amorosas não são mais ditadas por quem está de fora. Nossa vida íntima não é regida por Igreja, Estado ou família. Somos adultos em um mundo adulto, responsáveis diante de nós mesmos e de nossos parceiros. Nossas angústias afetivas podem ser verdadeiramente humanas. Dependem do nosso caráter, não das regras de um mundo opressor.

As vantagens de se viver assim são enormes, assim como os riscos. A inconstância dos nossos sentimentos — e dos sentimentos dos outros — significa que amaremos muitas vezes, e que isso sempre será uma festa dos sentidos, uma redescoberta. A alegria da paixão vai inspirar projetos, poemas e memórias. Ergueremos casas, faremos viagens, escreveremos livros. Teremos filhos, quem sabe. De mãos dadas, avançaremos até os limites de nós mesmos.

Uma lei não escrita nos impele a ser feliz e a deixar marcas no universo. Assim faremos. Como espécie, viemos de tão longe. Tivemos tão pouco, por tantas eras. Agora temos tudo: objetos, direitos, convicções. A esperança do amor que se renova é uma de nossas grandes conquistas, e que não nos falte coragem para achá-la em nós, em qualquer tempo e lugar. Na festa de casamento. Na saída do cinema. Na fila do restaurante. Na praia da Bahia. Onde quer que haja gente, corpos gerados num ato de amor, e que, por meio dele, se perpetuam. Sempre.

SE A GENTE TIVER SORTE
SE A GENTE TIVER SORTE
SE A GENTE TIVER SORTE

SE A GENTE TIVER SORTE

SE A GENTE TIVER SORTE
SE A GENTE TIVER SORTE
SE A GENTE TIVER SORTE
SE A GENTE TIVER SORTE
SE A GENTE TIVER SORTE
SE A GENTE TIVER SORTE
SE A GENTE TIVER SORTE
SE A GENTE TIVER SORTE
SE A GENTE TIVER SORTE

COMPARTILHAR A VIDA NÃO É FÁCIL, MAS É BOM — E PARECE SER ESSENCIAL.

No começo, a gente só compartilha o corpo. Eu ofereço o meu e recebo o seu, cheio de novidades. O que vem depois, logo depois, é compartilhar ideias e sentimentos. Eles parecem vir do corpo como o suco vem da fruta. Decorre disso, claro, que a gente passe a partilhar o mais essencial — o tempo — que se transforma, rapidamente, em partilhar a vida. Só então, quando tudo está posto, passamos a dividir as nossas propriedades. Elas entram no fim, como lhes cabe na ordem de importância das coisas, mas tendem a tornar-se mais relevantes. Às vezes, quando tudo acabou, é sobre as propriedades que se fala, obsessivamente. Se o corpo, os sentimentos e o tempo comum se esgotaram, elas resistem, nos ligando e dividindo.

A cronologia das relações tende a ser assim, mas isso não significa que seja fácil.

Nossa natureza, tão pródiga em produzir afeto, resiste a compartilhar. Quer dizer, há coisas mais fáceis que outras de oferecer. Há degraus de relevância e dificuldade. Partilhar nosso corpo, por exemplo, ao contrário do que diz a lenda moralista, é fácil — e pode ser irrelevante. Frequentemente não deixa vestígios. Sexo pode ser feito com estranhos e, frequentemente, se faz. Bem mais difícil é compartilhar ideias e sentimentos. Isso exige afinidade. Somente quando ela é profunda — o que nem sempre acontece — as pessoas se dispõem a partilhar o tempo. As manhãs, os sábados, os verões. Tempo, afinal, é sinônimo de vida. Não é o tipo de coisa que se divida com qualquer um.

Há um aprendizado no processo de compartilhar, sobretudo para os homens. As mulheres fazem isso com mais naturalidade. Talvez sejam menos egoístas. Os homens parecem apegados a si mesmos e às suas necessidades, têm mais dificuldade em se oferecer. Leva algum tempo (às vezes no interior da relação, outras vezes na vida) para que as pessoas aprendam a se dividir. Entre os homens esse tempo parece maior. Afinal, somos voltados a nós mesmos. Ocupamos o centro de nossa vida de uma maneira radical e às vezes exclusiva. É difícil sair da posição de protagonista e partilhar nossa atenção com as realizações e as necessidades do outro. A gente aprende, mas exige esforço. Exige amor também, e talvez alguma maturidade. Anos.

Isso tudo me ocorre porque tive o privilégio, faz alguns dias, de conversar longamente com um casal apaixonado. Recém-apaixonado. Bateu, de instantâneo, aquela pontada de inveja diante da felicidade dos outros. Todo mundo sabe como é bom esse começo, a sensação de completude e a fome que emana do outro. Mas a gente sabe que passa. A paixão passa e, dentro dela, se a gente tiver sorte, se engendra a capacidade de compartilhar — o corpo, as ideias, o tempo.

Se a gente tiver sorte, vai se acostumar ao outro corpo sem perder o interesse por ele. Os pés descalços, a pinta nas costas, a dor que reaparece e precisa ser combatida com massagens. Se a gente tiver sorte, vai se acostumar às ideias e à personalidade do outro, se apegar a elas. As descobertas e decepções da outra alma se tornam parte de nossa vida, compartilhadas. Se a gente tiver sorte, e alguma generosidade, vai receber o outro em nossa existência. Vai se acostumar a dividir com ele o tempo precioso, vai observá-lo mudar e amadurecer. Com sorte, a vida dela ou dele vai se tornar também a nossa. Por quanto tempo, nunca se sabe. A gente pode ter mais ou menos sorte. O importante é deixar-se tocar pela existência do outro e fazer parte dela. Deixar também que o outro faça parte. Essa é a grande experiência que fica, compartilhada.

CASOS INACABADOS CA-
SOS INACABADOS CASOS
INACABADOS CASOS INA-
CABADOS CASOS INACABA-
DOS INACABADOS CASOS
INACABADOS CASOSINA-
CABADOS **CASOS INACABA-**
DOS CASOS INACABADOS
CASOS INACABADOS CA-
SOS INACABADOS CASOS
INACABADOS INACABADOS
CASOSINACABADOSCASOS
INACABADOS CASOS...

ALGUMAS PESSOAS OCUPAM DENTRO DE NÓS UM ESPAÇO EMOCIONAL INCONFESSÁVEL.

Tem gente que vai ficando em nossa vida. A gente conhece, se envolve, termina, mas não coloca um ponto final. De alguma forma, a coisa segue. Às vezes, na forma de um saudosismo cheio de desejo, uma intimidade que fica a milímetros de virar sexo. Em outras, como sexo mesmo, refeição completa que mata a fome, mas não satisfaz, e ainda pode causar dor de barriga. Eu chamo isso de caso inacabado.

Minha impressão é que todo mundo tem ou teve alguma coisa assim na vida. Talvez seja inevitável, uma vez que nem todas as relações terminam com o total esgotamento emocional. Na maior parte das vezes, temos dúvida, temos afeto, temos tesão, mas as coisas, ainda assim, acabam. Porque o outro não quer. Porque os santos não batem. Porque uma terceira pessoa aparece e tumultua tudo. Mas o encerramento do namoro (ou equivalente) não elimina os sentimentos. Eles continuam lá, e podem se tornar um caso inacabado.

Isso às vezes acontece por fraqueza ou comodismo. Você sabe que não está mais apaixonado, mas a pessoa está lá, dando sopa, e você está carente... Fica fácil telefonar e fazer um reatamento provisório. Se os dois estiverem na mesma vibração — ou seja, desapaixonados —, menos mau. Mas em geral não é isso.

Quase sempre nesse tipo de arranjo tem alguém apaixonado (ou pelo menos, dedicado) e outro alguém que está menos aí. A relação fica desigual. De um lado, há uma pessoa cheia de esperança no presente. Do outro, alguém com o corpo aqui, mas a cabeça no futuro, esperando, espiando, a fim de algo melhor.

Claro, não é preciso ser psicólogo para perceber que mesmo nesses arranjos desequilibrados a pessoa que não ama também está enredada. De alguma forma ela não consegue sair. Pode ser que apenas um dos dois faça gestos apaixonados e se mostre vulnerável, mas continua havendo dois na relação. Talvez a pessoa mais frágil seja, afinal, a mais forte nesse tipo de caso. Pelo menos ela sabe o que está fazendo ali.

A minha observação sugere, porém, que boa parte dos casos inacabados não contém sexo. A pessoa sai de sua cama, sai até de sua vida, mas continua ocupando um espaço em sua cabeça. Você pode apenas sonhar com ela, pode falar por telefone uma vez por mês ou trocar e-mails todos os dias. De alguma forma, a história não acabou. A castidade existe, mas ela é apenas aparente. Na vida emocional, dentro de nós, a pessoa ainda ocupa um espaço erótico e afetivo inconfessável.

Esse tipo de caso inacabado é horrível. Ele atrapalha a evolução da vida. Com uma pendência dessas, a gente não avança. Você encontra gente legal, mas não se vincula porque sua cabeça está presa lá atrás. Ou você se envolve, mas esconde do novo amor uma área secreta na qual só cabem você e o caso inacabado. A coisa vira uma traição subjetiva. Não tem sexo, não tem aperto de mãos no escuro, mas tem uma intimidade tão densa que exclui o outro — e emocionalmente pode ser mais séria que uma trepada. Ainda que seja mera fantasia.

A rigor, a gente pode entrar numa dessas com gente que nunca namorou. Basta às vezes o convívio, uma transa, meia transa, e lá está você, fisgado por alguém com quem nunca dormiu — mas de quem, subjetivamente, não consegue se esquivar. Telefona, cerca, convida. Estabelece com a pessoa uma relação que gira em torno do desejo insatisfeito, do afeto não retribuído. Vira um caso inacabado que nunca teve início, mas que, nem por isso, chega ao fim. Um saco.

Se tudo isso parece muito sério, relaxe. Há outro tipo de caso inacabado que não dói. São aquelas pessoas de quem você vai gostar a vida toda, cuja simples visão é capaz de causar felicidade. Elas existem. Você não vai largar a mulher que ama para correr atrás de uma figura dessas, mas, cada vez que ela aparecer, vai causar em você uma insurgência incontrolável de ternura, de saudades, de carinho. O desejo, que já foi imenso, envelheceu num barril de carvalho e virou outra coisa, meio budista. Você olha, você lembra, você poderia querer — mas já não quer. Você fica feliz pelo outro, e esse sentimento é uma delícia.

Para encerrar, uma observação: o alcance e a duração dos casos inacabados dependem do momento da vida. Se você está solto por aí, vira presa fácil desse tipo de envolvimento. Acontece muito quando a gente é jovem, também se repete quando a gente é mais velho e está desvinculado. Mas um grande amor, em qualquer idade, tende a pôr as coisas no lugar. Uma relação intensa, duradoura, faz com que a gente coloque em perspectiva esses enroscos. Eles não são para a vida inteira, eles não determinam a nossa vida. Quem faz diferença é quem nos aceita e quem nós recebemos em nossa vida. O que faz diferença é o que fica. O resto passa, que nem um porre feliz ou uma ressaca dolorosa.

AMAR NÃO É PARA TODOS
AMAR NÃO É PARA TODOS
AMAR NÃO É PARA TODOS
AMAR NÃO É PARA TODOS
AMAR NÃO É PARA TODOS
AMAR NÃO É PARA TODOS
AMAR NÃO É PARA TODOS
AMAR NÃO É PARA TODOS
AMAR NÃO É PARA TODOS
AMAR NÃO É PARA TODOS
AMAR NÃO É PARA TODOS
AMAR NÃO É PARA TODOS
AMAR NÃO É PARA TODOS

TEM GENTE QUE AINDA NÃO APRENDEU COMO SE FAZ.

O filósofo e escritor francês Albert Camus disse uma vez que o único tema filosófico que valia a pena era o suicídio. Às vezes, por outras razões, me ocorre que o único tema relevante sobre os relacionamentos cabe numa única pergunta: você é capaz de amar alguém que retribua seus sentimentos?

A resposta automática a essa pergunta, em quase 100% dos casos, é afirmativa. "Claro que sim." Mas espere um pouco. Aproveite o momento solitário em frente a esta página e considere, sem risco de ser descoberto: você já gostou de alguém a ponto de deixar algo de lado por ele ou por ela? Já se percebeu duradouramente conectado a outro ser humano, de forma que ele deixasse de ser um estranho? Já sentiu que a vida de alguém o preocupava — e o atingia — quase como se fosse a sua própria?

Quem consegue dizer sim a isso tudo e não está numa relação imaginária — ou platônica — com a pessoa do andar de cima, parabéns. Ao contrário do que diz a lenda, esse negócio de amor não é para todo mundo.

Se houvesse um teste emocional capaz de medir nossas emoções, acredito que ele mostraria que boa parte da humanidade não consegue estabelecer relações românticas profundas e duradouras.

Penso no sentimento geral de que é bom estar na companhia de sua pessoa, em vez de com qualquer outra. Penso em passar um dia, uma semana, um mês, sem cogitar em cair fora. Imagino um período, qualquer que ele seja, sem que os sentimentos e as sensações se voltem para fora da relação, em busca de horizontes que não estão lá. Quando eu falo em amor, penso em satisfação, ainda que temporária.

Quem passa no teste? Não muitos, imagino. O que nos leva de volta ao primeiro parágrafo e à capacidade de amar, que raramente é confrontada.

Por alguma razão inexplicável, estamos acostumados a atribuir o sucesso ou fracasso de nossos relacionamentos apenas aos outros. Ela não me quer, não corresponde a meus sentimentos, não é constante. Ou talvez seja algo na atitude dele, na maneira como fala, toma sopa ou ganha a vida que fez com que eu me afastasse. Em poucas palavras, nossos sentimentos parecem depender apenas do que o outro faz ou é, não de nós.

Isso acontece desde o início.

Aos 13 ou 14 anos, quando nos apaixonamos pela primeira vez, a "causa" da paixão é o outro. Sua beleza, seu comportamento, seu sorriso. Achamos que vem tudo de fora. Nem reparamos na elaboração interna de nosso sentimento. Não perguntamos o que, em nossa personalidade, faz o outro tão atraente. Damos de barato que aquela pessoa é responsável pelo que sentimos, embora os sentimentos emanem de nós.

Essa exteriorização prossegue pelo resto da vida.

Quando as coisas não dão certo — no casamento, no namoro, no caso — rapidamente culpamos o outro e partimos para a reposição, sem investigar nossos sentimentos. Trata-se apenas de procurar com afinco até encontrar a pessoa certa. Mas existe pessoa certa para quem não consegue transpor a barreira de si mesmo e criar uma conexão duradoura com o outro?

Temo que não.

Minha impressão é que aprender a amar é trabalho para a vida inteira. Exige abrir mão do egoísmo, que é imenso. Supõe a capacidade de se encantar com aquilo que não é apenas um reflexo de nós. É essencial, sobretudo nos homens, superar o fascínio boçal pela aparência, que em muitos casos funciona como um sinal de trânsito indicando o caminho para a pessoa errada.

Ao final, como tantas outras coisas na vida, também essa precisa de tempo e de atenção. Tempo para se conhecer e perceber as próprias dificuldades. Atenção para não se perder em falsas questões. No frigir dos bolinhos, o problema não deve ser apenas a imperfeição do outro, que existe e é imensa. O problema talvez seja a sua, a minha, a nossa incapacidade de superá-la. De amar, apesar dela.

"EU TE AMO" SE DIZ NO OU-
VIDO "EU TE AMO" SE DIZ
NO OUVIDO "EU TE AMO"
SE DIZ NO OUVIDO "EU TE
AMO" SE DIZ NO OUVIDO
"EU TE AMO" SE DIZ NO OU-
VIDO **"EU TE AMO" SE DIZ**
NO OUVIDO "EU TE AMO"
SE DIZ NO OUVIDO "EU TE
AMO" SE DIZ NO OUVIDO
"EU TE AMO" SE DIZ NO OU-
VIDO "EU TE AMO" SE DIZ
NO OUVIDO "EU TE AMO"...

DECLARAÇÕES DE AMOR NA INTERNET PARECEM EXIBIÇÃO E INSEGURANÇA, NÃO CARINHO.

De vez em quando, eu me sinto um homem de outra época. Quando abro o Facebook, por exemplo, e deparo com declarações de amor escritas como se fossem manchetes de jornal. "Faz um ano que você mudou minha vida para sempre", diz uma moça que eu mal conheço. "Sou o homem mais feliz do mundo", responde um cara que eu não sei quem é. "Cinco anos de casados e eu ainda te amo", anuncia uma pessoa. "Quero passar os próximos trinta anos com você", jura outra. Eu, que nada tenho a ver com isso, mas recebo todas as mensagens, fico perplexo. Desde quando os sentimentos íntimos têm de ser anunciados assim, como se fossem banana na feira ou pamonha de Piracicaba?

Na minha modesta opinião, não deveriam. Primeiro, porque nossa intimidade amorosa não é da conta de mais ninguém. Se você está feliz, ama ou está sofrendo, são questões pessoais. O sentimento pertence apenas a você e à pessoa envolvida. No máximo, aos amigos próximos. No passado, quando os casais queriam anunciar publicamente um sentimento desse tipo, faziam uma festa de casamento. Era o jeito de dizer "eu te amo" na frente de todo mundo. Depois da festa, se recolhiam à sua vida e continuavam a se amar (ou passavam a se odiar) entre quatro paredes, discretamente. Por razões que vou tratar adiante, acho essa a melhor maneira de fazer as coisas.

O segundo motivo pelo qual as pessoas não deveriam anunciar ao universo os seus sentimentos é que a publicidade sugere o contrário do que diz. Em vez de paz e tranquilidade na relação, a estridência insinua insegurança e crise. A mulher que trombeteia sua felicidade de casada aos quatro ventos, dá impressão de estar desesperada. O cara que garante estar com a melhor mulher do mundo parece ter feito coisa errada. Talvez seja uma falsa impressão, mas ela é geral. Toda vez que um casamento é excessivamente celebrado na internet, comentários e ironias se multiplicam no paralelo: o que terá acontecido desta vez? A maldade humana não tem limites, mas às vezes tem razão de ser.

Existem razões para a proteção da privacidade. Ela não é apenas uma chatice de pais caretas que não querem ver a filha pelada (mental e fisicamente) na internet. A experiência humana demonstra que os sentimentos românticos são muito voláteis para serem tratados publicamente. Eles não são razoáveis, não se justificam, não podem ser discutidos em termos lógicos. Quando duas pessoas se amam, ou passam a se odiar, isso pode ser inteiramente compreendido apenas por elas. As idas e as vindas, as hesitações, as promessas quebradas e as repetidas. Visto de fora, parece coisa de malucos, simplesmente não faz sentido.

Pior ainda, a exposição do que se passa no interior dos casais provoca dor e vergonha. Imagine se o seu amante saísse por aí contando o que vocês fazem no calor do sexo? Da mesma forma, imagine se vizinhos ou amigos soubessem o que os casais se dizem no auge de uma discussão desgovernada? Não, isso, definitivamente, não é material para consumo público — mas pode vir a ser, se as pessoas insistirem em "contar tudo" na internet. No momento, elas estão apenas exibindo a sua felicidade, real ou imaginária. Mas, se o relacionamento for para o espaço, elas podem fazer o contrário e lavar a roupa em público, como se dizia antigamente. Afinal, qual a diferença? Alguém que escreve "eu te amo, você é o melhor marido do mundo", também pode escrever "eu te odeio, você é o maior canalha do planeta". Ou não? O que permite uma coisa e proíbe outra? Para mim é tudo igual. Questão apenas de estado de espírito.

A divulgação pública dos sentimentos íntimos não começou com a geração internet. Nos anos 1980, quando a rede nem existia, as pessoas começaram a colocar faixas nos bairros abonados de São Paulo e do Rio anunciando seus sentimentos. "Amo você, Joana", dizia um tal de Anderson em frente à casa da namorada ou da pretendente. Todo mundo achava engraçadinho, e a moda pegou. Antes dela, as pessoas escreviam essas coisas no muro. No começo, de maneira discreta, um coração e duas iniciais. Depois, em letras garrafais, para concorrer com os candidatos a vereador. Lembro-me de uma noite, ainda na faculdade, em que ajudei um amigo a pichar uma mensagem de amor na pista da Marginal Pinheiros, em frente ao prédio burguês da ex-namorada. Ela nunca voltou para ele, mas o cara virou publicitário.

Eu acho que é hora de dar um passo atrás. Temos de resgatar a privacidade, defender a intimidade, valorizar o segredo compartilhado a dois. Senão vamos ficar malucos, discutindo alegrias e ressentimentos nas redes sociais. Ou no YouTube, onde milhões de pessoas postam declarações de amor e constrangedores pedidos públicos de casamento. As pessoas assistem a essas coisas e pensam: é amor. Mas não é. É megalomania, desejo de publicidade, vontade de aparecer.

"Eu te amo" é coisa que se diz no ouvido. É confissão que se faz num e-mail direto. É algo tão grave, tão bonito, que a gente fala de alma trêmula, com as mãos geladas, ciente de que, ao dizer uma coisa dessas, coloca um pedaço de nós na mão do outro, como quem suspirasse, "eu te amo, eu preciso de você, minha vida não faz sentido sem a sua presença, estou à sua mercê". Não se diz uma coisa solene dessas em público. Seria matar a beleza. Seria obsceno.

O AMOR NÃO DESAPARECE

O AMOR NÃO DESAPARECE

O AMOR NÃO DESAPARECE

O AMOR NÃO DESAPARECE

O AMOR NÃO DESAPARECE

O AMOR NÃO DESAPARECE

O AMOR NÃO DESAPARECE

O AMOR NÃO DESAPARECE

O AMOR NÃO DESAPARECE

O AMOR NÃO DESAPARECE

O AMOR NÃO DESAPARECE

O AMOR NÃO DESAPARECE

O AMOR NÃO DESAPARECE

ISSO EXPLICA POR QUE ALGUMAS CONEXÕES EMOCIONAIS NUNCA VÃO EMBORA.

Uma vez que a gente goste muito de alguém, é difícil, senão impossível, olhar essa pessoa com indiferença. Parece que o amor, ou os sentimentos eróticos de grande intensidade, de alguma forma permanecem em nós, fazendo com que a pessoa que os provocou sempre seja recebida com carinho e atenção. Não é possível ficar indiferente ao grande amor quando ele está na rua, mesmo com um filho nos braços, mesmo com dez quilos a mais, mesmo com o cabelo de uma cor esquisita.

Quando estamos felizes – que dizer, quando temos alguém, ou quando estar sozinho não é motivo de dor –, os esbarrões no passado são benignos. Eles apenas confirmam, dentro de nós, que aquilo que fizemos não foi inútil, que não jogamos fora sentimentos, que não gastamos nosso tempo e nosso afeto com mentiras. Encontrar alguém e ser tocado por velhos sentimentos – ou desejos – sugere que uma parte do outro ainda vive em nós. Seria ruim se, depois de tanta vida, não sobrasse na gente nem um pedaço daqueles que dividiram noites e manhãs conosco.

Mas há momentos em que esses encontros machucam. É quando o amor do passado nos confronta com o desamor do presente. Quando nossa vida está vazia, mesmo que estejamos acompanhados. É quando ver alguém que se amou apenas nos enche de saudades e nostalgia, como se nossa capacidade de ser feliz tivesse ficado inteiramente no passado, e o presente fosse árido e frio de sentimentos. O passado dói se nos parece muito melhor do que o presente.

Mesmo isso, porém, ainda é melhor do que ver o amor que não acabou. Existe isso, não? Aquele amor doença, aquele amor esperança, aquele amor triste e ridículo que insiste em nos assombrar quando toda chance de sucesso foi tentada e rejeitada. Esse amor perdido, mas nunca abandonado, nunca esquecido, é melhor não ver. Nem através do vidro do ônibus num dia de chuva. Nem de costas, saindo do cinema. Nem de longe, no meio da multidão. Porque ele nos faz regredir. Ele nos adoece. Ele recobre nosso dia de luto. Contra esse amor que fere, o único remédio é o tempo — em doses enormes — e a verdadeira alegria. Ela também cura.

Eu gostaria, às vezes, de que nossa vida fosse mais permeável, para que o presente pudesse abrigar, sem susto, as boas coisas que sobrevivem do passado. Mas não é assim que vivemos. Andamos por degraus, avançamos por compartimentos estanques, com limites muito bem determinados. Encerrado aqui, começamos ali, e já não temos contato com o que ficou para trás. Ou ele acontece de forma esporádica, eventual. Numa esquina, num bloquinho de carnaval, por cinco minutos. Ou um telefone de véspera de Natal, cheio de silêncios e coisas não ditas.

Somos caretas, afinal. Somos ciumentos e possessivos. Temos medos. Deixamos que os sentimentos dos outros — ou nossos próprios receios — nos afastem daqueles que amamos no passado. É como se os sentimentos de ontem fossem capazes de abalar a vida de hoje. Mas será? Eu acho que não.

A experiência sugere que a vida avança para frente. Levamos os sabores — e as dores — do passado, mas com eles construímos coisas novas. Buscamos novas pessoas. Novos amores se impõem. Somos rejeitados e queridos, admirados e destratados, e assim, aos tropeços, inauguramos tempos novos e uma nova vida, dentro da antiga. O passado que amamos não tem poder de obstruir. Ele talvez nos seduza, como uma melodia antiga, mas não nos tira do caminho. Não é essa sua natureza.

Por isso, eu acho que as pessoas do passado e do presente deveriam conviver melhor e mais em nossas vidas. Seria verdadeiro com nossos sentimentos e com nossas sensações. Você sabe, eu sei, que não vivemos somente o agora. A nossa mente — e certamente nosso coração — oscilam entre o passado e o presente, entre o passado e o futuro. De vez em quando, apenas, estamos aqui e agora. A narrativa de nossa vida, se fosse fiel a nosso tempo interior, misturaria tudo: o sentimento de ontem e o de hoje, a emoção de agora e a que passou, as pessoas todas que vivem e viveram dentro de nós. Talvez isso seja um pouco mais difícil, mas quem disse que a simplicidade tem todas as respostas? Quem disse que uma coisa de cada vez é melhor do que todas as coisas que já foram aqui perto, aqui dentro, ao redor de nós?

SINCERICÍDIO SINCERI-
CÍDIO SINCERICÍDIO SIN-
CERICÍDIO SINCERICÍDIO
SINCERICÍDIO SINCERI-
CÍDIO SINCERICÍDIO SIN-
CERICÍDIO SINCERICÍDIO
SINCERICÍDIO SINCERI-
CÍDIO SINCERICÍDIO SIN-
CERICÍDIO SINCERICÍDIO
SINCERICÍDIO SINCERI-
CÍDIO SINCERICÍDIO SIN-
CERICÍDIO SINCERICÍDIO
SINCERICÍDIO...

AS COISAS QUE A GENTE REVELA, MAS NÃO DEVERIA.

Sem mais nem menos, você sonhou que duas ex-namoradas estavam no banco de trás de seu carro, se beijando. A cena é bonita, e você acorda, feliz, para encarar sua linda mulher bocejando de sono. Faz o quê: divide com ela seu entusiasmo com a fantasia inconsciente? Aproveita e diz que foi a segunda vez, em menos de dois meses, que você sonhou com a fulana?

Você pode fazer as duas coisas ou apenas uma delas, mas saiba que essa atitude tem nome: chama-se sincericídio — o ato de contar verdades íntimas que têm potencial para criar problemas em seu relacionamento.

O.K., se você é uma mulher ou um homem maduro, que vive ou namora com uma pessoa igualmente madura, esta crônica não é exatamente para você. Gente madura talvez possa contar ao parceiro tudo o que sente, sem restrições e sem receios. Mas a maior parte dos casais está longe de ser assim bem resolvida. A maioria vive a dificuldade essencial das relações modernas, nas quais o anseio diário por liberdade e sinceridade esbarra — dia sim, dia não — nos limites da personalidade e da insegurança de cada um. É para esses leitores normais que esta crônica se destina.

Eles sabem que nem sempre é fácil calar a boca, mas é necessário.

Depois de algum um tempo de relacionamento, os homens começam a achar que aquela gata de pernas lisinhas ali ao lado virou seu *brother*. Aparece uma mulher bonita na novela, e o sujeito vibra: "Como ela está gostosa, hem?!" Os dois estão numa festa, entra a amiga dela num pretinho mínimo, e o cara não se aguenta: "Por que você não chama a fulana para jantar com a gente?" Isso sem falar das ex, que constituem um capítulo à parte. Alguns homens tendem a exibir enorme intimidade com as mulheres que passaram pela vida deles. Falam delas com carinho, desenvoltura e conhecimento de causa. Para eles é tudo inocente e natural, mas para as mulheres deles não parece nada disso. Elas acham desconcertante.

Antes que me acusem de abraçar sem ressalvas o ponto de vista feminino, um reparo: as mulheres também sabem ser sincericidas. Elas tomam um copo a mais de cerveja e se põem a discorrer, na frente do namorado, sobre os dotes masculinos do jovem colega de trabalho. "Nota nove!" É claro que uma bobagem dessas não deveria irritar um macho seguro, mas frequentemente o macho não é assim tão seguro e se melindra. Ele tampouco gosta quando a moça, insistentemente, se põe a elogiar um tipo muito popular entre as mulheres, que ambos conhecem. Ele diz algo negativo, ela sai em defesa. Ele faz uma crítica, ela contesta. Ela está sendo apenas sincera, mas, na terceira vez em que acontecer, o sujeito vai ficar com as orelhas em pé.

Isso tudo, claro, está no terreno das miudezas contornáveis. Casais bem-humorados podem discutir as gostosas e os bonitões da TV sem o menor problema. Também podem rir das tolices reveladoras que um e outro dizem em público, movidos pela mistura de álcool e libido. Com algum convívio e confiança, são capazes de ultrapassar até a barreira das ex e dos machos alfas, tratando isso como se fosse uma pequena inconveniência contornável, o que na verdade é.

O que me preocupa é outra espécie de coisa, mais grave.

O sincericídio digno desse nome consiste em dizer coisas que o outro não precisa e não deve ouvir. Aquilo que é, por definição, inconfessável, mas que as pessoas às vezes falam, movidas por um impulso autodestrutivo ou de agressão ao outro. Elas podem, no meio de uma discussão, fazer críticas ao caráter do parceiro que são irreversíveis. Quando se conhece alguém por dentro, a gente sabe das falhas, conhece as fraquezas, mas gosta assim mesmo e deveria calar a boca sobre os detalhes. Mas às vezes a gente fala e arrebenta tudo. Isso é sincericídio.

Sincericídio é também expor seu desejo ao parceiro como se fosse um ovo de Páscoa aberto sobre a mesa. Ninguém é tão seguro a ponto de conviver com essas coisas. Nossa mente não tem censura e nem preocupação pelo outro. Ela produz desejos que pertencem apenas a nós mesmos e que nos cabe administrar em silêncio. Talvez em companhia de amigos ou do analista. Despejar no parceiro a torrente de fantasias que a mente cria nos sonhos ou na rotina massacrante do trabalho é apenas uma forma de sadismo. Ele não precisa saber. Ela pode viver perfeitamente sem esse conhecimento.

O contrário do sincericídio é a mistura de honestidade e carinho pelo outro. A gente diz o que pensa, mas protege de informações que machucam e não têm implicações sobre o presente. A gente conta o que é importante, mas não vai afogar o outro em pequenas vaidades ou atribulações. O que você fez no passado, por exemplo, para que dividir? Às vezes a sinceridade é apenas uma forma de exibicionismo. A atração que você sente por sicrana ou por beltrano guarde para você. O galanteio que você ouviu do colega ou o sorriso que ele ganhou da secretária mais bonita do prédio quem realmente quer saber? Nossa vida não precisa ser um jornal que o outro recebe toda manhã, cheio de notícias. Dividir a vida e dizer a verdade não é sinônimo de contar tudo o que nos acontece ou passa por nossa cabeça. Isso é sincericídio. E talvez seja burrice.

FILHOS FILHOS FILHOS
FILHOS FILHOS FILHOS
FILHOS FILHOS FILHOS
FILHOS FILHOS FILHOS
FILHOS FILHOS FILHOS
FILHOS FILHOS FILHOS
FILHOS FILHOS FILHOS
FILHOS FILHOS FILHOS
FILHOS FILHOS FILHOS
FILHOS FILHOS FILHOS
FILHOS FILHOS FILHOS
FILHOS FILHOS FILHOS
FILHOS FILHOS FILHOS

ELES NÃO SALVAM NOSSA VIDA, NEM NOSSOS CASAMENTOS. NÃO DEVEM SER VISTOS COMO REMÉDIO PARA NADA.

Ao sair de casa para caminhar, faz uns dias, deparei com um casal amigo fazendo o mesmo em circunstâncias notáveis. Gravidíssima, a bolsa dela havia rompido na madrugada, mas o nenê continuava sem pressa de sair. A médica recomendara que ela apressasse a natureza, caminhando. Quando encontrei o casal na rua, andando e conversando de mãos dadas, ela estava tranquila e expectante. Ele, que sempre foi um homem alegre, parecia estar vivendo a manhã mais feliz da vida dele. Esperavam seu primeiro filho.

Tendo sido pai duas vezes, eu me comovo com esse momento solene da vida dos outros.

As emoções que nos assaltam pessoalmente, e como casal, estão entre as mais profundas que podem ser vividas. Não se trata daquelas cenas cor-de-rosa dos filmes — mulheres gritando, homens nervosos, e, ao final, um beijo exausto de amor com o rebento nos braços. Esse é o clichê cinematográfico, que não captura metade da comoção real. Procriar, ser pai, ver nascer um novo ser humano com seu nome e sua herança genética, produz medos indescritíveis, assim como um orgulho enorme, um amor selvagem e silencioso que parece brotar de nossas entranhas. Essa dualidade de sentimentos — o temor permanente e o amor arrebatado — talvez seja a marca definitiva de nossas relações com os filhos, pelo resto da vida.

Dito isso, é essencial não exagerar os efeitos benéficos dos filhos sobre a vida das pessoas e dos casais.

Eles não salvam nossa vida, nem nossos casamentos. A nossa cultura atribui aos filhos um poder de transformação sobre a vida dos pais que é ilusório. Filho não é remédio para nada, muito menos para desequilíbrios e angústias. Muitas coisas boas acontecem quando se tem filhos — a descoberta de um tipo imperecível de amor talvez seja a principal, assim como o sentido de responsabilidade em relação a outro ser humano, que tende a mudar nossa vida — mas o resto de nossos problemas continua do mesmo tamanho. Os filhos não mudam nossa personalidade para melhor. Não nos tornamos mais seguros, mais felizes ou mais equilibrados.

Parece tolice escrever isso, mas muita gente acha que seus problemas íntimos de alguma forma desaparecerão quando se confrontarem com a grandiosidade da tarefa de criar os filhos. É uma espécie de pensamento mágico, estimulado pela mística da maternidade e da paternidade. Mas a vida real não é assim. Um ano depois de ser pai ou mãe, você continua a ser essencialmente a mesma pessoa que costumava ser. Defeitos e qualidades, talentos e limitações, dúvidas... Estarão todos lá. Você terá aprendido muitas coisas sobre você e sobre seu bebê, terá uma responsabilidade gigante em suas mãos, mas continuará a ser o mesmo ser humano que sempre foi.

Se isso não parece exato, olhem em volta. Vejam a quantidade de pais e mães fazendo bobagens por aí. Os filhos não os transformaram em seres humanos bem resolvidos, estáveis, serenos. Em alguns casos, aconteceu o contrário. O peso da responsabilidade fez com que algumas pessoas pirassem. Elas continuam carentes, angustiadas, deprimidas — mas agora têm de cuidar dos filhos, que demandam uma atenção enorme. Às vezes isso termina mal para os pais, para os filhos e até para os avós, que são tragados pela confusão.

Minha teoria sobre isso, mais que óbvia, é que somos como pais aquilo que somos como pessoas. Não há milagre de transformação. Gente diligente, organizada e generosa será um pai ou mãe com essas virtudes. Os negligentes, perdidos e egoístas tendem a ser pais assim. Se existem exemplos de grandes transformações, eu desconheço.

Não me entendam mal: não é necessário ser perfeito para virar pai ou mãe. Ninguém é. Sobretudo quando jovem, sofremos com nossas dificuldades interiores, com nossa personalidade. Mas, se sua vida está um caos, se você não está dando conta do cotidiano e sua cabeça está uma droga, não é uma boa hora para pôr uma criança no mundo. Procure ajuda, prepare-se. Tente melhorar antes de assumir essa responsabilidade. Filho não é terapia. Filho não resolve a vida de ninguém.

O que vale para as pessoas vale ainda mais para os casais. Ter filhos não resolve impasses dos relacionamentos. Se as pessoas estão brigando, não se gostam, se estão buscando intimamente outro caminho, um filho não ajudará coisa nenhuma. Pode funcionar por algum tempo, por anos até, mas uma hora a crise volta, ampliada pela presença da criança. Filho cansa, estressa, dá trabalho e limita opções existenciais. Como pode contribuir para salvar um casamento?

Os filhos alicerçam relações que já são sólidas, eu acho. Onde existe amor, compreensão, cumplicidade, os filhos vêm para aprofundar os sentimentos. Um bom casamento se enriquece com filhos. Um mau casamento estremece. É claro que a existência de filhos dá aos casais um senso de propósito que ajuda a manter o barco à tona. Mas isso é pouco para ser feliz. Antigamente, no início do século XX, a obrigação de criar os filhos mantinha as pessoas juntas pelo resto da vida. Isso acabou. Agora, as pessoas se separam e continuam a criar os filhos com vidas separadas. Quando dá certo. Às vezes, alguém simplesmente cai fora e deixa os filhos para trás. Em geral, cabe às mulheres a tarefa de criar sozinhas.

Ninguém é capaz de prever o futuro, mas algo me diz que meus amigos serão excelentes pais. Eles parecem se gostar muito, o que é um ótimo começo. Os dois têm vidas organizadas, um jeito tranquilo de lidar com as coisas e estão genuinamente entusiasmados com a ideia de ser mãe e pai. O filho, quando chegar, vai somar a uma família que já caminhava bem. Ele não vai transformar pai e mãe em novas pessoas, nem tornará o casamento deles invulnerável. Mas dará, a cada um deles, uma luz nova sem a qual a vida já não poderá ser compreendida.

10 COISAS QUE VOCÊ DE-
VERIA SABER DEPOIS DE
UM PÉ NA BUNDA 10 COI-
SAS QUE VOCÊ DEVERIA
SABER DEPOIS DE UM PÉ
NA BUNDA 10 COISAS QUE
VOCÊ DEVERIA SABER DE-
POIS DE UM PÉ NA BUN-
DA **10 COISAS QUE VOCÊ
DEVERIA SABER DEPOIS
DE UM PÉ NA BUNDA** 10
COISAS QUE VOCÊ DEVE-
RIA SABER DEPOIS DE...

TALVEZ ELAS NÃO AJUDEM AGORA, MAS AMANHÃ...

1. A DOR PASSA.

Neste exato momento, você está com a sensação de que vai morrer e que a angústia nunca mais irá embora. Acordar é difícil, comer é impossível e até respirar parece difícil. Parece que nunca vai passar, mas não é verdade. Depois de uns dias de cão, quase imperceptivelmente você começará a voltar. A capacidade de regeneração humana é uma das dádivas da natureza, e uma das razões fundamentais para ficarmos vivos: amanhã seremos outro, amanhã tudo pode mudar.

2. A DOR NÃO É BONITA.

Muita gente se recusa a sair do quarto e recomeçar a viver porque se apaixona pelo sofrimento. Ele parece dar grandeza a nossa desventura. Faz com que nos sintamos especiais. Mas tome cuidado com essa glamorização. Ninguém se torna melhor porque está arrasado, ninguém fica mais atraente porque está deprimido. Se você quer tornar sua dor bonita, faça arte com ela. Pinte, escreva, componha, filme, fotografe. A dor em si nada tem de bonito. Bonito é superá-la.

3. BALADA NÃO RESOLVE.

Se você está em frangalhos, melhor não sair por aí enchendo a cara e se envolvendo com estranhos. Dê um tempo. O período de luto precisa ser observado, senão você só fará besteiras. Provavelmente vai se magoar e ferir as pessoas que chegarem perto. Nessas horas, vale mais apelar aos amigos do que ligar para aquela figura apaixonada que sempre está disponível para levantar seu ego. Seria escroto usá-la dessa forma — e seu ego voltaria ao fundo do poço em dois minutos. Não adianta apressar o trabalho do tempo.

4. EU NÃO AGUENTO SOLIDÃO.

Aguenta sim, nem que seja um pouco de cada vez. É importante ficar com você mesmo nesses momentos, sentir que dá conta. Não precisa adotar um comportamento heroico — do tipo, vou me trancar em casa, e não ligar para ninguém até estar 100%. Isso funciona apenas em filme B americano. Saia com os amigos, visite os parentes, faça exercícios, coma coisas gostosas. No meu caso, cinema ajuda e passeios a pé fazem um bem danado. Se puder viajar, melhor ainda. Mesmo que a angústia venha na mala, ela dará uma folguinha enquanto você descobre um lugar novo. Cuidados consigo mesmo, por menores que sejam, melhoram a autoestima e ajudam a ter noites de sono melhores. Quem já levou um pé na bunda sabe como faz falta uma noite de sono.

5. NÃO FAÇA PAPEL DE LOUCO.

Resista à tentação de atormentar quem decidiu romper com você. Não fique ligando, não mande cem mensagens por dia, não passe a noite na porta do prédio, vigiando. Mais que respeito pelo outro, o que está em jogo é o seu respeito próprio. No momento de desespero, sua imagem pública pode parecer de pouco valor, mas não é. Todo mundo — inclusive quem deixou você — vai tomar nota de seu comportamento. Quem age com dignidade ganha pontos em todas as tabelas.

6. NÃO ENVOLVA O MUNDO EM SUA CRISE.

Em estado de tormento, quanto menos você falar, melhor. Respeite sua privacidade e a de quem esteve próximo a você. Se falar demais, você vai envolver todo mundo em seu drama, e isso apenas ajuda a aumentá-lo, acredite. Os amigos sabem que você está arrasado e entendem isso, mas, se você transformar sua dor em parada pública, repleta de queixas e acusações, eles mudarão de ideia rapidamente. Ninguém respeita quem não se respeita.

7. NUNCA MAIS VOU GOSTAR DE ALGUÉM.

Vai sim. Esse negócio de gostar parece estar em nossos genes, como comer ou respirar. Daqui a pouco, aparece outra pessoa que fará você sentir tudo de novo, provavelmente de forma mais intensa. As desilusões amorosas sempre nos parecem definitivas, mas nunca são. Depois de um romance começa outro. A capacidade humana de amar é inesgotável.

8. NUNCA MAIS NINGUÉM GOSTARÁ TANTO DE MIM.

Bobagem. Muita gente gostará de você. Sabe por quê? Porque a cada romance que acaba, você se torna mais interessante — uma pessoa mais experiente, mais vivida, mais sedutora. Se você nunca tivesse experimentado o amor, talvez fosse difícil começar. Mas agora você já está na roda, entrou na dança e as coisas não deixarão de acontecer. As pessoas virão a você, e você irá a elas, naturalmente. Basta não se esconder da vida. Basta não bloquear o acesso. Um dia, sem que você faça grande esforço, alguém dirá, de novo, que está amando você. Tomara que você possa dizer o mesmo.

9. ELE, OU ELA, VAI FICAR COM OUTRA PESSOA.

Vai. Vai mesmo. Pode não ser esta semana ou na próxima, mas vai acontecer. Não há o que se possa fazer a respeito. É um direito dele ou dela, assim como seu. O melhor, enquanto os sentimentos são intensos, é evitar saber. Mantenha-se longe, desligue as redes sociais, não faça perguntas aos amigos comuns. Fique na sua, deixe a sua ex-pessoa na dela. Tampouco cultive fantasias sobre como ela ou ele está feliz, enquanto você se afoga. Isso é besteira. Todo mundo sofre nessas horas, ainda que pareça o contrário. Ficar com um monte de gente não é sinal de felicidade. Provavelmente é o oposto.

10. NÃO SERÁ A ÚLTIMA VEZ.

Talvez seja a primeira, mas vai acontecer outras vezes. Durante a vida, nós deixamos e somos deixados. Embora doa como o diabo, faz parte. Não há vergonha nisso, não é sequer falta de sorte. Na verdade, é o preço que pagamos por ser livres. Vivemos numa sociedade em que as pessoas têm direito de agir de acordo com seus sentimentos, e os sentimentos mudam. Hoje você é amado, depois não é mais. Ninguém esteve mentindo, ninguém está agindo como monstro, não é uma questão de traição. O encanto acaba ou se perde, e cabe a cada um de nós encontrá-lo novamente. Sempre e sempre.

A FORÇA DO ACASO A FOR-
ÇA DO ACASO A FORÇA DO
ACASO A FORÇA DO ACA-
SO A FORÇA DO ACASO A
FORÇA DO ACASO A FOR-
ÇA DO ACASO A FORÇA DO
ACASO A FORÇA DO ACA-
SO **A FORÇA DO ACASO** A
FORÇA DO ACASO A FOR-
ÇA DO ACASO A FORÇA DO
ACASO A FORÇA DO ACA-
SO A FORÇA DO ACASO A
FORÇA DO ACASO A FORÇA

COMO O INESPERADO REGE NOSSA VIDA, É IMPORTANTE TER AO LADO ALGUÉM QUE SAIBA LIDAR COM ELE.

Tem gente que acredita em destino. Eu acredito que é o acaso quem rege a existência de forma quase absoluta.

Penso no encontro acidental de nossos pais, no desejo que poderia não ter surgido entre eles, no espermatozoide que chegou na frente de milhões de outros na corrida mais importante de nossas vidas. Quanto disso foi planejado? Nada, assim como costumam ser acidentais nossos encontros amorosos, a concepção de nossos filhos e as circunstâncias imprevistas que nos levam a fazer amigos importantes, escolher carreira e definir a cidade onde vamos morar.

O imprevisto invade nossa vida enquanto nos debruçamos cheios de planos sobre o calendário do ano que vem.

Acho o acaso tão importante que defendo que ele deveria ser incorporado a nossos critérios de eleição afetiva. Não adianta observar os candidatos a parceiros apenas em situações controladas, como se o amor fosse um experimento de laboratório. Se o sujeito a convidou para jantar, teve três dias para arranjar as coisas e aparece (cheiroso e bem-vestido) com uma rosa vermelha e reservas para o bistrô mais concorrido da cidade, ponto para ele por Organização & Método — mas isso não deveria encerrar o período de observação.

Para saber quem realmente é o cara, melhor seria estar com ele na noite em que o pneu do carro furasse na Marginal. Ele respira fundo, sorri para você e desce para resolver o assunto ou, ao contrário, se põe a dizer palavrões em voz baixa e reclamar que não deveria ter saído de casa — culpando você, indiretamente, pelo contratempo?

Qualquer mulher pode ser encantadora num fim de semana de outono no Rio de Janeiro em que não haja uma brisa fora de lugar, mas como ela reage quando a companhia aérea perde as malas e vocês ficam com a roupa do corpo em Buenos Aires, num frio de 11 graus? Eu gostaria de saber essas coisas antes de me apaixonar.

Se o futuro pudesse ser desenhado numa planilha Excel, o melhor a fazer por si mesmo seria conquistar a analista de sistemas mais atraente da empresa e fazer dela a mulher de sua vida, mas nós sabemos que as coisas não são tão simples. Num mundo dominado pelo acaso, é importante ter ao lado alguém capaz de lidar com os imprevistos e as frustrações, porque eles vão se repetir o tempo inteiro. Planejar não é o suficiente para ser feliz.

Quando o inesperado se intromete e atrapalha nossos planos, então testamos nosso temperamento e o de quem nos acompanha — além de uma coisinha de enorme importância chamada compatibilidade.

Sexta-feira passada, eu tentei ir à praia. Reservei pousada, abasteci o carro e caí na estrada com a mulher, no horário em que o trânsito arrefece em São Paulo. Tudo planejado. Quatro horas depois, estava no pé da serra do Mar metido no maior congestionamento de minha vida, com a chuva caindo torrencialmente, água subindo e o rádio contando histórias de morte e quedas de barreira. Depois de momentos de quase pânico, decidimos sair da estrada e procurar refúgio em Cubatão, uma das cidades menos turísticas do mundo ocidental.

Rodamos pelas ruas semialagadas e desertas, batendo à porta dos poucos hotéis, todos muito simples e totalmente tomados pelos refugiados da estrada. Ao final, fomos acolhidos no Lopes, que fica em frente à delegacia da cidade. De início não havia vagas, mas permitiram gentilmente que passássemos a noite no sofá da recepção, protegidos da chuva, das enchentes e dos ladrões que agem nos congestionamentos. Nas circunstâncias, estava ótimo. Duas horas depois, surgiu algo ainda melhor — um sujeito que alugara a suíte do Lopes para uma farra na madrugada não apareceu, e nós herdamos as acomodações. Com sauna, hidromassagem, TV a cabo e meio ar-condicionado. Um luxo.

Ali passamos um longo fim de semana. Houve passeios a pé, compras no comércio alagado da cidade, pizza de brócolis com catupiry e uma sessão de cinema no complexo do parque Anilina. Vimos o novo filme do Bruce Willis, dublado. Eu gostei, minha mulher disse que não iria comentar. Voltamos a São Paulo às 6h da manhã de domingo, quando a estrada reabriu. Nós havíamos sobrevivido, e o casamento também.

Eu consigo pensar em meia dúzia de mulheres com quem essa mesma situação teria virado um pesadelo. Posso ver uma delas reclamando e me recriminando até que eu perdesse a cabeça e fosse parar algemado na delegacia em frente ao hotel, depois de um acesso de loucura. Sou capaz de enxergar outra, sentada à beira da cama, empurrando para trás os cabelões e dizendo para a amiga no celular: "Cubatão, você acredita? Cubatão... Não, o carro dele não passa na enchente. Lembra que ele acha os jipões ridículos? Pois é." Essa conversa não aconteceria dessa forma porque não houve sinal da TIM em Cubatão no fim de semana, mas a cena é totalmente plausível.

Não estou aqui fazendo críticas a certos tipos de pessoas. Acho, na verdade, que a culpa pelo clima detestável que se cria durante as crises não é de cada uma das partes, mas da interação ruim entre elas, a tal da compatibilidade. Diante do mesmo perrengue, mas em outra companhia, a pessoa funcionaria bem. É uma questão de quantidade de afeto e de respeito, claro, mas é também uma questão de afinidade. Se os modos do outro o irritam normalmente, isso não vai melhorar sob a pressão de uma crise. Quando a crise acontece, portanto, é um bom momento para observar seus sentimentos: você tem vontade de proteger o outro, fica feliz por ele estar ali, ou gostaria, do fundo do coração, que ele e o seu jeito professoral desaparecessem e você pudesse chamar um amigo querido? É importante saber.

De minha parte, fico feliz por ter passado pelo teste de Cubatão. Ele reforçou minha convicção de que a vida, embora tenha de ser planejada no dia a dia, é essencialmente algo sobre o qual eu não tenho controle. Só posso me assegurar, precariamente, que, quando o acaso tomar as rédeas, eu tenha ao lado alguém capaz de rir comigo, de me dar conforto e de oferecer aquilo que homens e mulheres têm oferecido uns aos outros por milhares de anos — uma pequena chama de afeto capaz de iluminar nossos corações cheios de medo e de aflição.

GOSTAM MUITO DAS MU-
LHERES OS HOMENS QUE
GOSTAM MUITO DAS MU-
LHERES OS HOMENS QUE
GOSTAM MUITO DAS MU-
LHERES OS HOMENS QUE
GOSTAM MUITO DAS MU-
LHERES **OS HOMENS QUE**
GOSTAM MUITO DAS MU-
LHERES OS HOMENS QUE
GOSTAM MUITO DAS MU-
LHERES OS HOMENS QUE
GOSTAM MUITO DAS...

ELES SEDUZEM, MAS NÃO DEVEM SER CONFUNDIDOS COM CAFAJESTES CARENTES.

Virou moda falar mal dos homens que têm muitas parceiras. Num mundo em que a opinião das mulheres é cada vez mais importante, o sujeito comedor, galinha, cafajeste e sem-vergonha tornou-se uma espécie de inimigo público número 1. É o tipo de homem que as mulheres não desejam para a amiga, odiariam ver ao lado da filha, mas, quem sabe, talvez ficasse bem no sofá de sua própria sala, ou naquela mesa firme da cozinha... Mas, bem, eu estou me adiantando.

O que eu queria dizer, primeiro, é que esse julgamento severo contra os sedutores esconde um moralismo raso e uma forma utilitária de ver o mundo.

Qual o problema com o sujeito que se relaciona com várias mulheres e não se fixa em nenhuma delas? Não existe lei ou código de ética que obrigue o sujeito a namorar, casar e montar família se ele não se sente inclinado a isso. É uma questão de estilo de vida e de escolha pessoal. Há quem goste de viver acasalado, há quem goste de ser livre. Isso não deveria ser material de debate ou julgamento. É um direito elementar.

Mas a recusa masculina em se domesticar, sobretudo se parte de homens atraentes, desperta reações emocionais violentas. Coletivamente, a solteirice deles é vista como um desperdício social e genético. Como um cara desses se recusa a ser o meu príncipe encantado? Pessoalmente, algumas mulheres ficam ofendidas porque o sujeito seduz e envolve, mas não se deixa envolver e seduzir na mesma proporção. A recusa dele magoa e faz sofrer as mulheres que ele conquista — e isso tornaria o sedutor uma espécie de criminoso emocional. No mínimo, um predador de moças incautas. Será?

Mesmo com boa vontade em relação às mulheres, não consigo vê-las como vítimas nessa situação.

Obviamente, o sujeito que transa com todas as mulheres conta com a cumplicidade delas. Um galinha só consegue ser galinha porque muitas mulheres gostam dele. Elas disputam sua companhia e lhe abrem a porta de sua intimidade. Em qualquer grupo de amigos ou local de trabalho, todo mundo sabe quem é o cara que pega todas as garotas. Se ele continua pegando, é porque elas gostam — então é o caso de assumir a responsabilidade moral por isso, em vez de jogar a culpa no sujeito. O século XXI não é o das coitadinhas.

Aqui começa a segunda coisa que eu gostaria de dizer: os caras que seduzem as mulheres não são todos iguais. Há pelo menos dois tipos básicos, que têm pouco em comum entre si, mas costumam ser injustamente confundidos.

O primeiro, que as mulheres realmente desprezam, é o carente. Ele pode ser bonito e bom de conversa, mas é, fundamentalmente, um cara que precisa patologicamente de atenção. Sexo com ele é secundário e, segundo eu ouço, de segunda linha. O carente corre atrás das mulheres porque não se aguenta sozinho por cinco minutos, não porque goste especialmente delas. Se você deixá-lo no restaurante, vai xavecar a garçonete. Se você for ao banheiro, ele vai dar em cima de sua mulher. O cara é compulsivo, um bebezão desamparado que estica os braços para toda mulher bonita que passa. Diz e faz o que for necessário para ganhar um colinho, depois tchau.

Esse tipo de sujeito, na verdade, não presta muita atenção na mulher dele. Não por muito tempo, ao menos. Ele está preocupado demais consigo mesmo e com a próxima mulher da vida dele, que acabou de passar pela porta. Por isso a fila anda tão rápido. Ele precisa renovar seus objetos de afeto para manter o interesse. E as mulheres também não o aguentam por muito tempo. Na intimidade, esse tipo de cara parece ser um saco de problemas, que elas logo se cansam de carregar. Ou não... Conheço mulheres que ficaram apegadas por longo tempo, sofrendo como personagem de novela. Voluntariamente.

Esse Dom Juan infantil e compulsivo pouco tem a ver com o segundo tipo de sedutor: os caras que gostam muito das mulheres. Esses são minoria em relação aos carentes e herdam parte da má reputação que eles constroem. Mas não deveria ser assim. Como qualquer mulher que já se envolveu com um deles pode atestar, o cara que gosta muito das mulheres costuma ser uma excelente experiência, por várias razões.

A mulher é a prioridade dele. Enquanto os outros homens se distraem com trabalho, futebol e leitura, esse sujeito investe o tempo e a admiração dele no sexo oposto. Liga, frequenta, cultiva. Tem energia para sair de noite, para esticar a conversa, para transar quando os outros já estão dormindo. Ele mantém o foco. Não há risco de que fique no sofá, vidrado na TV, enquanto a gatinha espera na cama de camiseta e calcinha. Nem vai acontecer de aquele fim de semana passar em branco porque ele está exausto. O cara gosta demais do corpo, do jeito e do cheiro da mulher para permitir que ela se entedie. Para ele, cada momento de intimidade com ela é uma festa.

Esse tipo de sedutor faz sucesso entre as mulheres porque é autêntico. Ele não finge sentimentos que não tem nem faz promessas que não está disposto a cumprir. Joga limpo e entrega a mercadoria que promete: muita atenção, sexo intenso e, quem sabe, um bom romance.

Por não ser um patológico, ele às vezes se envolve, mas não é fácil mantê-lo por perto na exclusividade. Há muitas mulheres irresistíveis no mundo para quem gosta tanto delas. Há muitas mulheres dando mole para os homens que sabem fazê-las felizes. Eles são concorridos. Mesmo assim, o homem que gosta muito das mulheres se apaixona. Ao contrário do carente, que não sustenta nada emocionalmente, ele fica, participa, constrói. Ainda que não dure para sempre, como quase nada dura. Se durasse para sempre, aliás, talvez ele deixasse de ser o homem que gosta demais das mulheres e se tornasse apenas um marido, com tudo de bom e mau que isso implica.

Logo, eu pediria às mulheres que tirassem esse tipo de sedutor da lista de procurados pela Polícia Federal. Eles são do bem. Podem quebrar um coração ou outro ao longo do caminho, mas quem nunca fez isso? Na conta geral, distribuem muito mais satisfação do que provocam sofrimento. Eles ajudam marcar na régua a intensidade a que pode chegar uma relação. Eles ficam na memória como coisa boa. Eles proporcionam, com todos os seus problemas, um tipo de relação que todo mundo deveria ter algum dia na vida: sem futuro, mas com um presente inesquecível.

VOCÊ SUSTENTA? VOCÊ SUSTENTA? VOCÊ SUS-TENTA? VOCÊ SUSTENTA? VOCÊ SUSTENTA? **VOCÊ SUSTENTA?** VOCÊ SUS-TENTA? VOCÊ SUSTENTA? VOCÊ SUSTENTA? VOCÊ SUSTENTA? VOCÊ SUS-TENTA? VOCÊ SUSTENTA? VOCÊ SUSTENTA? VOCÊ SUSTENTA? VOCÊ SUS-TENTA? VOCÊ SUSTENTA? VOCÊ SUSTENTA?...

MUITA GENTE É INCAPAZ DE MANTER OS SENTIMENTOS NECESSÁRIOS A UM RELACIONAMENTO ESTÁVEL.

Descobri o verbo no divã do psicanalista: sustentar. Não no sentido econômico da palavra, de cuidar materialmente de alguém, mas como a capacidade de manter uma atitude, uma postura, um sentimento. A questão era sustentar emocionalmente um relacionamento, impedindo que ele afundasse no desinteresse e na omissão. Eu seria capaz de fazer isso, ou não? Havia em mim a força para sustentar minha escolha ou sairia correndo, para tentar de novo, com outra pessoa, uma nova relação que, meses depois, acabaria no mesmo impasse: você sustenta?

Assim como se colocou para mim, acho que essa pergunta se coloca para muitos. A gente pode acreditar que a pessoa certa nunca apareceu, a gente pode achar que tudo sempre acaba por culpa do outro, a gente pode raciocinar, em autodefesa, que o relacionamento esgotou (de novo) o que tinha que dar. Tudo isso é legítimo. Mas existe outra pergunta a ser feita: se eu quiser, se eu realmente quiser, serei capaz de manter uma relação estável de longo prazo? Ou tudo comigo se esgota, acaba e perde a graça depois de um par de meses?

O roteiro de quem tenta e não consegue é mais ou menos assim: cada novo romance suscita em nós o desejo de eternizá-lo, e cada um deles reafirma, passado algum tempo, que não sabemos como fazer isso. Rapidamente perdemos o tesão, perdemos a paciência, perdemos a vontade de continuar. O encanto dá lugar ao tédio, o carinho cede lugar à irritação, os planos são varridos do horizonte como se não tivessem existido. A rotina se impõe e cobre de cinza os dias a dois que costumavam ter graça. A ruptura vai se avizinhando e a relação, afinal, acaba. Em pouco tempo estaremos de volta ao mercado — um pouco mais velhos e bem mais descrentes de nossa capacidade de viver com alguém.

Por que acontece dessa forma? Eu não sei. Minha conversa com o analista nunca chegou ao fim. Posso falar apenas de minhas sensações, e daquilo que me contam.

As pessoas que não sustentam relacionamentos nunca se percebem como parte de alguma coisa. Elas não se sentem como a metade de um casal. Juntam-se provisoriamente aos outros pelo desejo, pela companhia, pelo aconchego mútuo. Mas seguem, de alguma forma, a perceber-se como um ser humano sozinho, intimamente incomodado com a presença constante do outro. Por algum tempo, as alegrias do corpo, somadas aos projetos do casal (a viagem, a compra do cachorro, os jantares com os amigos) mantêm a roda girando. Mas, em algum momento, a libido e as novidades sociais arrefecem, e a pessoa sente que não sobrou muito mais. Houve tempo, houve o cenário, mas, por alguma razão, não se formou o laço subjetivo que mantém duas pessoas ligadas durante a vida.

Talvez haja nisso um elemento de autossabotagem. Talvez muitos não se sintam capazes de ser pai, marido, mãe. Talvez essas posições sociais os intimidem secretamente. Talvez o tédio com o parceiro seja uma forma de impedir essas pessoas de se tornarem algo que têm medo de ser, algo que consideram acima de suas forças. Essa, aliás, era a opinião do psicanalista: não é fácil deixar de ser filho para tornar-se pai, marido, homem. Ou mulher, esposa e mãe. Muitos temem essa transição. Por isso agem como crianças e adolescentes, embora tenham trinta, quarenta ou cinquenta anos de idade. Fogem.

Acho que existe também um aspecto de cultura familiar. Quem cresceu com pais que se gostam e se respeitam sabe, por ter vivido, que a convivência é possível. Essas pessoas parecem ter uma inclinação emocional positiva em relação às relações duradouras. É um terreno conhecido, familiar, amigável. Quem cresceu numa casa em conflito, no interior de um casamento destruído, pode ter mais dificuldade em lidar com relações de longo prazo. Gente assim tende ser pessimista em relação ao futuro dos relacionamentos. Para os filhos dos casamentos infelizes, talvez falte o software da tolerância e do otimismo. Não aprenderam em criança como se faz para que as coisas funcionem. Faltou o exemplo. Eles terão de bater cabeça até achar o próprio caminho. Até aprender a viver a dois. Se esse for seu desejo.

A ressalva é importante: se for esse seu desejo. É essencial lembrar que muita gente perfeitamente normal e equilibrada não quer viver a dois. Muitos não acreditam no casamento, na fidelidade, na divisão do espaço e do tempo com alguém. Nem em ter filhos. É legítimo. O romance não tem um único formato e a monogamia de longo prazo não é a única forma aceitável de organização dos casais. Muita gente que se ama vive em casas separadas ou mantém relacionamentos flexíveis. São namoros que duraram a vida inteira. E está tudo bem.

O que não deveria acontecer é o autoengano. Gente que adoraria viver a dois, mas não consegue, deveria buscar ajuda para entender o que se passa. Não adianta esconder as dificuldades atrás de um discurso moderno de desapego. Não adianta fingir que está tudo bem quando não está. O analista, com suas perguntas difíceis, nos faz perceber questões que podem ser fundamentais à nossa existência. Quem é você? O que você deseja? Você sustenta? Eu, que não sei muito, sei que é difícil ser feliz sem tentar responder essas perguntas.

O HOMEM-SOFÁ O HO-
MEM-SOFÁ O HOMEM-
-SOFÁ O HOMEM-SOFÁ O
HOMEM-SOFÁ O HOMEM-
-SOFÁ O HOMEM-SOFÁ O
HOMEM-SOFÁ O HOMEM-
-SOFÁ O HOMEM-SOFÁ O
HOMEM-SOFÁ O HOMEM-
-SOFÁ **O HOMEM-SOFÁ** O
HOMEM-SOFÁ O HOMEM-
-SOFÁ O HOMEM-SOFÁ O
HOMEM-SOFÁ O HOMEM-
-SOFÁ O HOMEM-SOFÁ...

QUANDO O CARA PASSA MAIS TEMPO VENDO TEVÊ DO QUE NAMORANDO VOCÊ, É HORA DE TOMAR PROVIDÊNCIAS.

Há vários sinais de que as coisas não andam bem num relacionamento. Um deles, gravíssimo, é quando seu namorado ou marido vira o homem-sofá — aquele que entra em casa e desaba na frente da tevê, para não sair mais de lá. Ele emenda um filme no outro, um jogo no outro, uma série na outra e até um noticiário no outro — e deixa de lado tudo mais, inclusive você. Homem-sofá não ajuda na cozinha, não conversa, não quer sair de casa e só vai para a cama quando está morto de sono. Sexo, nem no sofá.

Como aquele sedutor entusiasmado virou um item amorfo de mobília, você saberá melhor que qualquer um. Meu palpite é que tudo começa com a super tevê de quarenta polegadas. Ela transforma a sala em cinema e os moradores em plateia permanente, incapaz de levantar para fazer xixi. Depois vem a superprogramação, por cabo ou por *stream*. Ali, 24 horas por dia, estão todos os filmes novos, todas as séries, todos os campeonatos europeus de futebol. Quem consegue resistir a isso tudo? Você, naturalmente. Mas e o homem da casa? Ele não.

Algum dia uma pesquisa neurológica vai mostrar que homens normais são hipersensíveis à televisão. As mulheres assistem aos programas, os homens ficam hipnotizados. Deve ser alguma coisa ligada à evolução nas estepes africanas, quando os caçadores tinham de ficar antenados às imagens dos bichos em movimento. O fato é que homens não conseguem resistir ao fluxo incessante de imagens na tela da tevê. Em pouquíssimo tempo, estão escravizados, viram homens-sofás, incapazes de tomar qualquer iniciativa que não seja pedir comida e acionar o controle remoto.

Antigamente, quando só havia a tevê aberta, esse tipo de comportamento era socialmente censurado. O cara que passasse o domingo vendo tevê era tido como idiota. Pegava mal. Hoje em dia, com a chegada das séries e da programação internacional, ver tevê até cair os olhos ficou *cool*. Saia com seus amigos descolados e constate: todos estão vendo aquela série sobre a Casa Branca, aquela outra sobre o presídio feminino, aquela última, sen-sa-cio-nal, em que o ator que quase ganhou o óscar faz um detetive envelhecido. É impressionante essa unanimidade. As séries americanas viraram parte da linguagem comum dos modernos, como antes costumava ser a música. Se você não curte, está por fora.

Isso funciona bem para as mulheres, que parecem ter um senso inato de moderação. Para os homens é a perdição. Além de estar viciado em séries, ele conta com o apoio de uma imensa comunidade na internet e na vida real, apoiando o seu vício. Aí, às quatro da manhã, a mulher acorda, percebe que está sozinha na cama e vai encontrar o sujeito deitado no sofá, vendo uma série no tablet. Como parar se, desde ontem, há 12 capítulos inéditos disponíveis?

Para quem está casado, isso tudo é um saco. Mas, para quem está namorando, ou tentando engatar um relacionamento, pode ser o fim do mundo. O cara chega ao apartamento da moça e, em vez de tirar a roupa dela, vai avisando que tem jogo do Barcelona e que o Neymar foi escalado. E ela com isso? Se a mulher não for firme e explicar ao cara qual é a ordem natural das coisas — primeiro ela, depois, quem sabe, pode ver o futebolzinho —, em dois tempos estará servindo cerveja a um sujeito grudado ao sofá, sem qualquer interesse pela interação carnal com ela. De que serve um cara desses?

Marido ou namorado, sugiro às mulheres que fiquem atentas a esse tipo de sintoma. Quando o cara passa mais tempo no sofá com a tevê do que com a mulher dele na cama, há uma crise no horizonte. Melhor encará-la de frente e chamar o sujeito para uma conversa. Você notou que dá mais atenção à tevê do que a mim? Percebeu que a gente quase não conversa, não transa e não namora? Se ele tiver interesse em consertar as coisas, vai tentar mudar. Caso ele resista, sempre resta aquela medida extrema: cancele o cabo, a banda larga e desligue o *wi-fi*. Quero ver se ele encara um Silvio Santos no domingo.

O BONITÃO QUE NÃO SE
APEGA O BONITÃO QUE
NÃO SE APEGA O BONITÃO
QUE NÃO SE APEGA O BO-
NITÃO QUE NÃO SE APE-
GA **O BONITÃO QUE NÃO**
SE APEGA O BONITÃO QUE
NÃO SE APEGA O BONITÃO
QUE NÃO SE APEGA O BO-
NITÃO QUE NÃO SE APE-
GA O BONITÃO QUE NÃO
SE APEGA O BONITÃO QUE
NÃO SE APEGA O BONITÃO

SERÁ QUE ELE VAI MUDAR AOS QUARENTA ANOS? BEM...

Certas coisas não melhoram com a passagem do tempo. A dificuldade em manter relacionamentos, por exemplo. Alguém que ache difícil namorar aos vinte anos dificilmente chegará aos trinta ou aos quarenta como a pessoa mais apegada do planeta. O tempo diminui a curiosidade afetiva e a inquietude. Diminui também a compulsão sexual. Mas a relutância em criar laços só aumenta.

Tenho uma amiga cujo irmão de quarenta anos ilustra o caso. Médico bonito e bem-sucedido, ele troca de mulher com as estações do calendário. São sempre garotas bonitas, diz a minha amiga. Muitas delas são interessantes, ela me explica. Mas nenhuma dura no posto. Antes, o irmão levava algumas dessas garotas para conhecer a família. Nos últimos anos, envergonhado com o rodízio, só visita os pais e a irmã sozinho. Os filhos dela, com aquela ingenuidade perversa das crianças, costumavam perguntar pela namorada anterior...

Casada há dez anos, mãe duas vezes, minha amiga acha o irmão um caso perdido. "Ele não sabe o que quer", ela resume, sacudindo a cabeça. Sente que ele sofre e gostaria de vê-lo maduro e emocionalmente amparado. Eu, que só conheço o cara superficialmente, duvido que seja possível essa transformação. Mas, ao contrário dela, não acho que seja um drama.

Esse negócio de receber os outros em nossa vida não é simples. Só gente muito jovem acredita que é fácil dividir o corpo, os sentimentos e o cotidiano com alguém que acabamos de conhecer. Em geral, as pessoas fazem sexo, encantam-se umas pelas outras por uns dias e logo depois se afastam. Encontros duradouros são infrequentes. Relacionamentos verdadeiros são raros. Para alguns, como o irmão de minha amiga, eles são quase impossíveis.

Acho que a palavra-chave nesses casos é intimidade. Há pessoas com facilidade de abrir a intimidade para os outros e de penetrar na intimidade alheia. Outros avançam com dificuldade nesse terreno: são tímidos na hora de revelar e relutantes no momento de descobrir. Por alguma razão, a troca de sentimento lhes parece incômoda e inadequada. Ou incompatível com o desejo. Quanto mais sabem sobre o outro, menos atração sentem por ele. É uma recusa visceral de intimidade: só me relaciono enquanto o outro for uma fantasia. No momento em que se torna real e humano, no momento em que exige a minha humanidade, perco o interesse.

As pessoas acham que essas atitudes são premeditadas. Imaginam que o sujeito que age assim está tirando proveito das pessoas e deixando-as de lado. Eu discordo. Minha impressão é que pessoas que vivem trocando de parceiros — como o irmão de minha amiga — apenas não conseguem se vincular. É mais uma dificuldade do que uma escolha. O discurso cafajeste ou libertino vem depois, para encobrir o buraco emocional e justificar uma forma de existência. Vira ideologia. Por trás dela, tem alguma espécie de sofrimento.

Posto isso, não acho que seja um drama. Todos nós temos dificuldades. Alguns com sexo, outros com sentimentos, muitos com as chatices burocráticas da vida, como tirar diploma, pagar as contas e ganhar a vida. Quando a gente é jovem quer ser perfeito em tudo. Depois relaxa.

Talvez o irmão da amiga seja assim.

Ele provavelmente gostaria de se apaixonar perdidamente, casar e ter filhos. Como isso não acontece, vive e troca de mulher. Deve estar atrás de alguma coisa que provavelmente não existe e que ele não sabe o que é, mas que o ilude. Aos vinte anos, provavelmente achava que encontraria fácil. Aos trinta, percebeu que a procura poderia ser longa. Agora, aos quarenta, talvez já tenha desistido. A pressão da família e dos amigos arrefeceu e ele está cada dia mais confortável com o próprio jeito de viver.

Minha amiga se preocupa sinceramente com o irmão, mas isso talvez oculte algo inadmissível.

Quem vive fora dos trilhos, cheio de parceiros, provoca sentimentos ambíguos nos que têm vidas convencionais. Causam preocupação e mesmo pena, mas também inveja. Trocar de namorada todo mês pode ser um insulto para quem dorme há dez anos com o mesmo parceiro e nem se lembra mais da sensação de despir um corpo desconhecido ou se deixar tocar por uma pessoa estranha. O inferno da vida dos outros está cheio de passagens que os virtuosos adorariam experimentar.

FIDELIDADE OU LEALDA-
DE? FIDELIDADE OU LE-
ALDADE? FIDELIDADE OU
LEALDADE? FIDELIDADE OU
LEALDADE? FIDELIDADE
OU LEALDADE? **FIDELIDA-
DE OU LEALDADE?** FIDE-
LIDADE OU LEALDADE?
FIDELIDADE OU LEAL-
DADE? FIDELIDADE OU
LEALDADE? FIDELIDADE
OU LEALDADE? FIDELI-
DADE OU LEALDADE?...

A GENTE SE PREOCUPA DEMAIS COM UMA E SE ESQUECE DA OUTRA, QUE TALVEZ SEJA MAIS IMPORTANTE.

Nos últimos dias, ando apaixonado pela palavra "lealdade". Deve ser por causa de um livro que estou terminando de ler, um romance sobre antigos amigos e amantes que voltam a se encontrar e precisam acertar suas diferenças. Eles já não se gostam, mas confiam um no outro. Eles deixaram de se amar, mas ainda se protegem mutuamente. Isso é lealdade, em uma de suas formas mais bonitas. Lealdade ao que fomos e sentimos.

Ao ler o romance, me ocorreu que amar é fácil. Tão fácil que pode ser inevitável. A gente ama quem não merece, ama quem não quer nosso amor, ama a despeito de nós mesmos. Tem a ver com hormônios, aparência e sensações que não somos capazes de controlar. A lealdade não. Ela não é espontânea e nem barata. Resulta de uma decisão consciente e pode custar caro. Ela é uma forma de nobreza e tem a ver com sacrifício. Não é uma obrigação, é uma escolha que mistura, necessariamente, ideias e sentimentos. Na lealdade talvez se manifeste o melhor de nós.

Antes que se crie a confusão, diferenciemos: lealdade não é o mesmo que fidelidade, embora às vezes elas se confundam. Ser fiel significa, basicamente, não enganar sexual ou emocionalmente o parceiro. É um preceito, uma regra que se cumpre ou não se cumpre, uma espécie de obrigação. O custo da fidelidade é relativamente baixo: você perde oportunidades românticas e sexuais. Não tem a ver, necessariamente, com sentimentos. Você pode desprezar uma pessoa e ser fiel a ela por medo, coerência, falta de jeito ou de oportunidade. Assim como pode amar alguém perdidamente e ser infiel. Acontece todos os dias.

Lealdade é outra coisa. Ela vai mais fundo que a mera fidelidade. Supõe compromisso, conexão, cuidado. Implica entender o outro e respeitá-lo no que é essencial para ele — e pode não ser o sexo. Às vezes o outro precisa de cumplicidade intelectual, apoio prático, simples carinho. Outras vezes, a lealdade requer sacrifícios maiores.

A primeira vez que deparei com a lealdade no cinema foi num filme popular de 1974, "Terremoto". No final do drama-catástrofe, o personagem principal — um cinquentão rico, heroico e boa-pinta — tem de escolher entre tentar salvar a mulher com quem vivia desde a juventude, com risco da própria vida, ou safar-se do desastre com a jovem amante. Ele escolhe tentar salvar a velha companheira e morre com ela. Parece apenas um dramalhão exagerado, mas, desde Shakespeare, o drama ocidental está repleto de escolhas desse tipo. É assim que nos metem conceitos elevados na cabeça. Vi esse filme com 16 e 17 anos e nunca mais deixei de pensar na lealdade em termos drásticos.

A lealdade está amparada em valores, não apenas em sentimentos. É fácil cuidar de alguém quando se está apaixonado. Mais fácil que respirar, na verdade. Mas o que se faz quando os sentimentos desaparecem — somem com eles todas as responsabilidades em relação ao outro? Sim, a menos que as pessoas sejam movidas por algo mais que a mera atração. Se não partilham nada além do desejo, nada resta depois do romance. Mas, se houver cumplicidades maiores, então se manifesta a lealdade. Ela dura mais do que os sentimentos eróticos porque se estende além deles.

O romantismo, embora a gente não o veja sempre assim, é uma forma exacerbada de egoísmo. Meu amor, minha paixão, minha vida. Minha família, inclusive. Tem a ver com desejo, posse e exclusividade, que tornam a infidelidade insuportável, a perda intolerável. As pessoas matam por isso todos os dias. Porque amam. É um sentimento que não exige elevação moral e pode colocar à mostra o pior de nós mesmos, embora pareça apenas lindo.

Minha impressão é que o mundo anda precisado de lealdade. Estamos obcecados pela ideia da fidelidade porque a infidelidade nos machuca. Sofremos exacerbadamente porque o mundo, o nosso mundo, não contém nada além de nós mesmos, com nossos sentimentos e nossas necessidades. Quando algo falha em nossa intimidade, desabamos.

Talvez devêssemos pensar de forma mais generosa. Talvez precisemos nos apaixonar por ideias, nos ligar por compromissos, cultivar sonhos e aspirações que estejam além de nossos interesses pessoais. Correr riscos maiores que o de ser traído ou demitido. O idealismo, que tem sido uma força de mudança na conduta humana, precisa ser resgatado. Não apenas para salvar o planeta e a sociedade, mas para nos dar, pessoalmente, alguma forma de esperança. A fidelidade nos leva até a esquina. A lealdade talvez nos conduz mais longe, bem mais longe.

DEDO PODRE DEDO PODRE
DEDO PODRE DEDO PODRE
DEDO PODRE DEDO PODRE
DEDO PODRE DEDO PODRE
DEDO PODRE **DEDO PODRE**
DEDO PODRE DEDO PODRE
DEDO PODRE DEDO PODRE
DEDO PODRE DEDO PODRE
DEDO PODRE DEDO PODRE
DEDO PODRE DEDO PODRE
DEDO PODRE DEDO PODRE
DEDO PODRE DEDO PODRE
DEDO PODRE DEDO PODRE

POR QUE ALGUMAS PESSOAS SÓ ESCOLHEM PARCEIROS INVIÁVEIS?

Chega um momento da vida adulta, depois de um ou dois tropeços, em que somos obrigados a refletir sobre nossas escolhas afetivas. Para um amigo de quem eu gosto muito, esse momento chegou por volta dos 35 anos, quando ele percebeu que estava sofrendo — de novo — por uma mulher que não gostava dele. Num momento de lucidez, ele se deu conta de que havia um padrão em seu comportamento, e que esse padrão levava, invariavelmente, a um pé na bunda. Na dele.

Começo com essa história corriqueira para falar daquilo que chamam de "dedo podre", a capacidade que têm algumas pessoas, homens e mulheres, de escolher sempre o parceiro errado.

Há muitas pessoas assim. Elas não têm sexo, idade ou tipo físico determinado. Nem o temperamento delas é parecido. Em comum, têm apenas essa terrível inclinação a se ligar emocionalmente a gente inviável — que, por uma razão ou por outra, é incapaz de manter o tipo de relação que elas gostariam de ter.

Eu não sei como esse dedo aparece, mas tenho algumas suspeitas.

Ao contrário do que se diz, minha primeira impressão é que não se trata apenas de azar. Se o primeiro namorado da Fulana era um malandro mentiroso, o segundo um psicopata ciumento e o terceiro ainda está apaixonado pela ex-mulher, não dá para culpar a falta de sorte. Fulana, claramente, não sabe escolher. Continua sendo uma coitadinha, mas a responsabilidade é dela, não do destino.

Suspeito que por trás de cada escolha equivocada exista sempre uma alma carente. É óbvio, né? Quem precisa demais da atenção dos outros não consegue julgar ninguém direito. A pessoa se agarra ao primeiro que passa, cai na primeira conversa que escuta, se apaixona por qualquer um. Falta critério a quem precisa demais de carinho. Gente assim torna-se extremamente vulnerável. Vira uma presa fácil dos truques, desmandos e caprichos dos outros.

Além da carência, há o velho problema da autoestima. Ou da falta dela. Quem gosta de si mesmo fica melhor sozinho, quem gosta de si mesmo procura gente que lhe faz bem, quem gosta de si mesmo busca uma pessoa especial, porque sente que merece. Quem não se gosta faz tudo ao contrário.

Tempos atrás, uma analista me disse que a pessoa que a gente escolhe diz muita coisa sobre nós. Ela conta, sobretudo, como vemos a nós mesmos. Faz sentido, não?

Alguém que se envolva sistematicamente com tranqueiras está informando ao mundo que não se acha melhor do que aquilo. Gente que se deixa maltratar e humilhar anuncia aos quatro ventos que não tem respeito por si mesma. O contrário também é verdadeiro. Quando alguém que conhecemos aparece ao lado de uma pessoa alegre, altiva e generosa, quando exibe uma relação apaixonada e sólida, nossa impressão sobre ele ou sobre ela cresce. Nem poderia ser de outra forma. Diga-me com quem dormes e te direi quem és. Ou, pelo menos, como te imaginas.

Antes de encerrar, eu queria deixar claro que não acho que escolher seja fácil. Sobretudo no mundo em que a gente vive. Há gente demais à nossa volta, as opções são muitas, e a confusão é enorme. Ao contrário do que diz aquele juiz de futebol na televisão, as regras não são claras. Mas, se a vida não oferece garantia contra enganos, ela nos dá alguma inteligência para perceber quando eles estão se repetindo. Isso nos permite tomar providências.

Por ter vivido e observado, sei que "dedo podre" tem cura. Não é como aquela dor no baço da adolescência, que simplesmente passa. Carência, falta de autoestima e ausência de ambição sentimental ("pra mim, qualquer um serve") têm de ser ativamente combatidas. Com ajuda externa, se necessário.

O amigo a que eu me referia no início desta coluna fez anos de análise para colocar seus sentimentos no lugar. Demorou, mas um dia percebeu os fatos elementares da vida amorosa: não existe amor sem reciprocidade, não há vida comum sem afinidade, o desejo não compensa sofrimento. Com isso, o dedo podre dele ficou no passado. E o seu?

BREVE VIDA BREVE BREVE
VIDA BREVE VIDA BREVE
VIDA BREVE VIDA BREVE
VIDA BREVE VIDA BREVE
BREVE VIDA BREVE VIDA
BREVE VIDA BREVE VIDA
BREVE BREVE VIDA BRE-
VE BREVE VIDA BREVE
VIDA BREVE VIDA VIDA
BREVE VIDA BREVE VIDA
VIDA BREVE VIDA BREVE
VIDA BREVE VIDA BREVE
BREVE VIDA BREVE VIDA

O NOSSO TEMPO É TÃO ESCASSO E PRECIOSO QUE DEVERIA SER MUITO BEM APROVEITADO.

Acho que foi a Eliane Brum quem me disse, durante um almoço com mais vinho que comida, que uma das maneiras de viver melhor é precisar de menos. Discutíamos a dificuldade de um mundo que exige cada vez mais tempo e mais dedicação em troca do dinheiro que nos paga. A frase da amiga escritora sugeriu uma saída: ao reduzir necessidades, reduzimos nossa necessidade de dinheiro. Assim podemos passar mais tempo fazendo aquilo que nos agrada. Achei a ideia inspiradora então, e continuo achando agora.

Tempo — eu não canso de repetir — é nosso bem mais precioso. Constitui a essência da vida. Passa devagar quando não temos consciência dele. Voa no momento em que nos tornamos adultos e passamos a apreciar sua existência. Ter tempo, mais do que ter dinheiro, constitui hoje em dia um sinal de privilégio. Há muita gente rica por aí, mas quantos em idade produtiva podem gozar de uma tarde livre sem sentir culpa, com a sensação de estar com a vida ganha? Poucos, eu imagino.

Ontem, por estar de férias, fui visitar uma exposição do pintor espanhol Juan Miró no meio da tarde. Era uma mostra pequena, que reunia algumas dezenas de esboços e umas poucas gravuras. Na última sala, havia uma fotografia de Miró pouco antes de morrer, acompanhada por um texto que narrava o momento. Ele tinha noventa anos, caminhava com dificuldade, e um dos netos o levara para despedir-se do mar de Palma de Majorca. O texto dizia que, perto da praia, com os cabelos brancos desfolhados pelo vento, Miró apertara os olhos muito azuis e dissera uma única frase: "Ah, que pena..." Que pena que o tempo dele estivesse acabando. E o nosso?

Este mês, por estar de férias, fiz passeios fora de hora e almocei várias vezes com minha mulher durante a semana. Passamos muito tempo em casa, em horários em que não costumamos nos ver. Cozinhamos, assistimos tevê, brincamos com as gatas. As horas de folga do trabalho dela, combinadas com meu tempo livre, viraram momentos de convívio que não existiriam de outra forma. Por isso me pareceram mágicos. Era como se experimentássemos outra vida dentro da nossa: sem viagens, sem malas, sem correrias de aeroporto. Apenas a vida cotidiana, como ela seria se houvesse mais tempo.

A gente não percebe, mas essa engrenagem diária consome nossos melhores sentimentos. Não há tempo para conversar, não há tempo para namorar. Passamos os dias cercados de colegas de trabalho, a quem vemos muito mais do que a nossas mulheres e namoradas, a quem vemos muito mais que a nossos filhos. Em casa, chegamos cansados, frequentemente irritados, carregados dos problemas do trabalho. Muitas horas do limitado convívio dos casais são gastas em desabafos profissionais. O sexo vira um descarrego, em vez de um desfrute lento e luxurioso. Muitos relacionamentos são atropelados nessa invasão da vida pessoal pelo trabalho.

Coletivamente, parece inevitável. O Brasil não é a Suíça, onde as pessoas podem trabalhar poucas horas e ainda ganhar decentemente. Aqui se trabalha por longos períodos — ou não se trabalha e não se ganha nada. Não há meio-termo. Vivemos num país tropical, que nos oferece dias lindos, mas os gastamos dentro de caixas de vidro e concreto refrigeradas. Faz sentido? Sempre que saio para almoçar num dia de sol, lembro de um trecho da música "Cores Vivas", do Gilberto Gil: "eu penso em nós/ pobres mortais/ quantos verões/ verão nossos/ olhares fãs/ fãs desses céus/ tão azuis?". Ou, dito de forma direta, quantos verões nossos olhos verão? Por que desperdiçá-los assim?"

Talvez devêssemos buscar alternativas. É preciso um apartamento tão grande, uma escola tão cara para as crianças, uma viagem internacional todos os anos? O carro precisa ser de luxo, o restaurante tem de ser da moda, as roupas que estão no guarda-roupa já não servem? Guardar dinheiro é importante, claro — mas tanto assim, ao custo de dias, meses e anos que poderiam ser vividos de forma mais feliz?

As respostas a essas perguntas são pessoais, mas elas envolvem uma visão coletiva sobre a vida. Se nós, como sociedade, nos dispomos a gastar tanto, a pagar tanto por tantas coisas, estamos dizendo, uns para os outros, que essas coisas são mais importantes que o tempo que passamos juntos — como amigos, como casal, como família. Uma sociedade com outros valores e prioridades diferentes talvez nos desse incentivo para buscar outro caminho, possivelmente com modéstia e frugalidade. Por que não? O planeta agradeceria.

Trabalhar não é opcional para 99% de nós. Precisamos ganhar a vida, como nossos pais e avós antes deles. Mas não temos de transformar o acúmulo de bens e sucesso no Cálice Sagrado da existência. Não temos de gastar nossa juventude e depois nossa maturidade num projeto de sessenta horas de trabalho por semana. Quer dizer, eu, com o que aprendi nos últimos anos, não faria isso. Trabalho é importante para a vida, realização profissional é fundamental, mas eles não podem nos consumir a vida e impedir de usufruir do resto. Há muito a ser feito com nosso tempo, que é curto.

Ano passado, tive a chance de visitar um casal de amigos que está morando nos Estados Unidos. Ele trabalha para uma multinacional, ela acaba de ter um bebê. Na tarde em que cheguei à casa deles, sexta-feira, ele estava cuidando do filho. Como todos na firma, tinha saído cedo na sexta-feira, para aproveitar o bom tempo. Acostumado a trabalhar como louco em São Paulo, ele me disse que estava estranhando a atitude relaxada dos americanos. No primeiro mês por lá, trabalhou 12 horas por dia e terminou todos os seus projetos antes do prazo. Levou um pito. O chefe disse a ele que não queria uma equipe de estressados. Mandou que curtisse a família, fizesse esportes, convivesse com os colegas e relaxasse para ter ideias. Além de trabalhar. Quem discordaria?

Conto essa história para sublinhar o fato de que nós, brasileiros, trabalhamos muito. Certamente mais que europeus e americanos. Pobres e classe média certamente. Quem sabe até os ricos. Não deveríamos ter complexo de vira-lata ou de vagabundos. Justo o contrário. Precisamos, de verdade, repensar nossos planos e projetos. Eu tenho feito isso. Gostaria de ter mais tempo para andar na rua, para ver exposições, para namorar minha mulher, para conversar com meus filhos, para estar com os amigos, para ler, para pensar. Nada disso, em princípio, custa dinheiro. Tudo isso me enriquece. De alguma maneira, torna mais proveitoso aquele elemento escasso e lindo: o tempo. Assim, lá na frente, quando chegar ao finzinho, talvez eu possa olhar o mar e dizer, como Miró: "Que pena!..." Mas eu terei aproveitado, não?

DÁ PRA PERDOAR? DÁ PRA
PERDOAR? DÁ PRA PER-
DOAR? DÁ PRA PERDOAR?
DÁ PRA PERDOAR? **DÁ PRA
PERDOAR?** DÁ PRA PER-
DOAR? DÁ PRA PERDO-
AR? DÁ PRA PERDOAR?
DÁ PRA PERDOAR? DÁ
PRA PERDOAR? DÁ PRA
PERDOAR? DÁ PRA PER-
DOAR? DÁ PRA PERDO-
AR? DÁ PRA PERDOAR?
DÁ PRA PERDOAR?...

O PERDÃO É UMA ESPÉCIE DE BOTÃO DE REINICIAR QUE PERMITE AOS CASAIS RECOMEÇAR TODOS OS DIAS.

Acho que foi a Miriam Palma, amiga desde os tempos do cursinho, quem me contou que, dentro de dez anos, todas as fotos de nós mesmos que hoje nos parecem feias ficarão bonitas. É só uma questão de tempo para que a beleza apareça. Nosso olhar precisa mudar.

O mesmo se aplica, me parece, à questão muito mais grave do ressentimento e do perdão. As coisas que hoje nos parecem inaceitáveis, e, por decorrência, imperdoáveis, com o passar do tempo talvez se mostrem verdadeiramente irrelevantes. Nem é preciso esperar dez anos. Talvez cinco bastem. Ou mesmo 12 meses. Nosso olhar só tem de mudar.

Estou falando, claro, da relação entre duas pessoas, das coisas que acontecem no interior dos casais. Imagino pessoas que se amam ou se gostam — ou têm pelo menos a lembrança desse sentimento. Essas relações nos são tão caras e tão próximas que, nelas, o ato de perdoar é essencial. Talvez seja o gesto mais necessário e o mais frequente de quem partilha a vida com alguém.

Perdoar é como apertar um inesgotável botão de reiniciar: foi ruim ontem à noite, dormimos com raiva um do outro, esta manhã reiniciamos. A conversa foi muito dura, agora estamos mais calmos, que tal reiniciar? Eu fiz algo que a magoou, você reagiu com brutalidade, reiniciemos, por favor.

Estar com alguém, viver com alguém, é sinônimo de afrontar e ser afrontado. A cada dia, quase a cada momento. Nossos egos, nossas suscetibilidades tornam difícil o outro se mover ao nosso lado sem que nos incomode. Ele precisa ser imensamente atento, ou infinitamente delicado, para não causar nenhum atrito. Mas então, coitado, não seria humano. Seria alguém apenas tentando nos satisfazer — e rapidamente nos encheria de tédio.

Seres humanos inteiros, à vontade no mundo, disputam espaço mesmo com aqueles que amam. As pessoas se esbarram, se batem — no sentido figurado da palavra, por favor —, e dessa refrega permanente, imperceptível para quem olha de fora, emerge a relação propriamente dita. Ela é o resultado de uma disputa constante e de uma colaboração incessante. Por isso é intensa e contraditória, por isso é viva — e por isso necessita, desesperadamente, do mecanismo apaziguador do perdão.

Somos terrivelmente exigentes com as pessoas que dividem a vida íntima conosco. Nossos chefes, nossos colegas, nossos amigos gozam de uma tremenda margem de tolerância. A peguete, o bonitão que aparece de vez em quando, esses gozam de crédito para errar. Mas a namorada e o marido, aqueles que fazem parte de nossa vida, não. Esses não podem pisar fora da linha. Somos vigilantes e intolerantes com eles. Insuportavelmente intolerantes. Por isso é tão essencial que perdoemos — porque os estamos julgando e condenando a cada par de minutos, de uma forma que não fazemos com os demais.

Bem, às vezes, as pessoas próximas nos fazem coisas graves. Elas nos machucam e traem nossa confiança. Às vezes nos enganam. Às vezes se enganam. O resultado é sempre péssimo, e quase sempre é impossível perdoar — na hora. Mas o tempo e o convívio com nossos sentimentos produzem mudanças. Depois de um tempo de afastamento, depois de um período intenso de saudades e de considerações, podemos estar prontos a entender — desde que o orgulho ou nosso senso moral não se interponham. É preciso ter feito certas coisas na vida para entender porque os outros as fazem. Quem nunca andou no lado errado da calçada acha que a virtude é simples. Não é.

Minha impressão é que, para perdoar quem nos magoa, precisamos de duas coisas — uma sólida conexão afetiva e alegria.

A conexão faz com que o outro também sinta o que nos passa. Se eu estou morrendo e a criatura está lá, morta de rir, se esbaldando, não há o que perdoar — é mais o caso de esquecer. Mas, em geral, não é assim. Quando as pessoas se gostam, a dor as liga. O sentimento de falta é mútuo. Quem magoou quer voltar. A saudade dói, como dizia a velha música sertaneja. Então, por que não perdoar e reiniciar?

Outras vezes, em casos mais difíceis e demorados, é a alegria que nos faz perdoar. Ela permite que nossa vida avance, permite que a gente recomece com outras pessoas, faz com aquele sentimento de mágoa seja varrido, lavado, esquecido entre as novas sensações de prazer e de carinho, senão de amor. Enquanto a gente rola na cama insone de raiva, enquanto o ressentimento ainda queima, é impossível perdoar. Mas, se nossa vida anda, se a gente experimenta a alegria, vai se esquecendo daquilo que nos fazia tremer de indignação ou de tristeza. Então a mágoa passa, e a gente perdoa sem perceber. Aí, quem sabe, na próxima curva da estrada, aquela mesma pessoa, indultada por nosso perdão, reaparece para nos fazer feliz.

Alguém perguntará, racionalmente, qual a importância de perdoar depois de tanto tempo, quando aquilo que doía nem dói mais, e quando a chance de cruzar o outro em nossa estrada é cada dia mais remota. Eu diria que a importância é enorme, por algumas razões.

Não se deve andar pela vida levando mágoas desnecessárias. Quem perdoa descarrega um fardo e anda mais leve, porque deixou a dor para trás. Quem perdoa também resgata, recupera pedaços de si que estavam ligados àquele que não poderia ser lembrado. Nesse sentido, perdoar permite retomar a posse de sentimentos e memórias. Às vezes, com sorte, esse perdão abre as portas para a recuperação das pessoas em nossa vida, de um novo jeito.

Uma vez, faz algum tempo, eu almoçava com uma amiga e falamos de uma pessoa comum, muito importante para mim. Durante a conversa, sem que me desse conta, comecei a falar dela de uma forma enternecida e alegre, como há muito não falava. Ao fazer isso, ao me permitir lembrar, de alguma forma ficou claro o buraco que aquela mulher deixara em minha vida. Dias depois, por essa porta entreaberta, entrou um sonho, o primeiro em anos em que não havia conflitos ou brigas, apenas afeto e intimidade. Foi como um resgate. Foi como olhar para uma foto que me parecia horrível e perceber o quanto havia de beleza nela. Foram necessários quase dez anos, mas meu olhar, finalmente, mudara. No lugar da dor e do ressentimento, havia apenas um suave perdão.

STATUS DE RELACIONA-
MENTO STATUS DE RELA-
CIONAMENTO STATUS DE
RELACIONAMENTO STATUS
STATUS DE RELACIONA-
MENTO STATUS DE RELA-
CIONAMENTO **STATUS DE**
RELACIONAMENTO STATUS
DE RELACIONAMENTO STA-
TUS DE RELACIONAMENTO
STATUS DE RELACIONA-
MENTO STATUS DE RELA-
CIONAMENTO STATUS DE

VOCÊ TEM ALGUÉM, NÃO TEM NINGUÉM OU NEM SABE?

Uma garota que trabalha comigo diz que alianças e anéis de compromisso saíram de moda. Agora, quando querem avisar ao mundo sobre mudanças importantes na vida pessoal, as pessoas vão ao Facebook e fazem uma modificação de status: de "solteiro" para "num relacionamento sério", por exemplo. Ou de "relacionamento sério" para "em um relacionamento complicado". O programa oferece nove possibilidades de escolha, mas, da forma como eu vejo, as mensagens são apenas três: tenho alguém, não tenho ninguém, não sei.

Das três categorias, a que mais me interessa é a terceira. Ela parece piada, mas, na verdade, é uma descrição objetiva de fatos que muitos de nós já vivemos. Há momentos em que simplesmente não sabemos qual é nosso status amoroso. Ontem estávamos felizes, mas, depois daquele bate-boca odioso, quem sabe o que vai ser de nós? Estávamos apaixonados há dois meses, mas eu viajei de férias e, na volta, alguma coisa esfriou — ainda somos realmente namorados? Sem falar daquela garota, daquele cara, que sai cinco, seis vezes com a mesma pessoa, dorme junto, acorda feliz, mas, toda vez que alguém pergunta, esclarece: "Somos amigos." Haja saco.

Os relacionamentos clarificam nossa situação existencial. Como parte de um casal, temos alguém. Se acordar com febre, se receber uma promoção no trabalho, se esbarrar numa celebridade num bar do Rio de Janeiro, saberei para quem ligar. Com quem contar também. O contrário dessa clareza é o limbo sentimental. Você liga para dividir uma notícia boa e o fulano reage com frieza educada. Você descobre que está com conjuntivite e a "namorada" pede para você ligar quando estiver melhor. O dia foi triste, você gostaria de conversar, mas percebe que a pessoa ao lado ergueu uma barreira invisível e não quer mais se envolver com os seus problemas. Estava lá, mas saiu. Você tinha, mas parece que acabou. Quem sabe?

As situações de incerteza amorosa machucam. Elas nos lançam numa vertigem de sentimentos negativos. Quem não sabe deprime, entristece, broxa. Como tomar decisões, mover-se em qualquer direção importante se você não sabe se estará sozinho ou acompanhado? É óbvio: quem não sabe onde está não pode decidir para onde ir.

Vejam bem: não acho que isso seja culpa do outro. Nem sempre somos vítima da indecisão de alguém. É comum que nós mesmos estejamos perdidos em nossos sentimentos, passageiros de um relacionamento que parece ter perdido o rumo. Essas coisas acontecem. As circunstâncias viram névoa. Presos na confusão, os outros, como nós, frequentemente não sabem o que sentem, o que querem, como fazer e o que fazer. Dúvidas são uma forma louvável de honestidade, sobretudo quando são recíprocas. Mas, se você tem tudo claro e o outro vive em permanente estado de apagão, sejamos francos, talvez seja você o problema...

Por isso tudo, eu tenho simpatia pelos status ambíguo do Facebook. Por trás do pano ralo da gracinha, "em um relacionamento complicado" é uma confissão, um apelo, quase um pedido de socorro. Quem aciona esse botão está avisando ao mundo — e não apenas àquele malfadado ser humano em particular — que sua vida virou um ponto de interrogação clamando para ser elucidado. Em um mundo repleto de certezas jubilosas ("noivo", "casado", "separado"), é preciso ter coragem para admitir que você não sabe onde está. Não sabe se foi aceito. Não sabe se foi abandonado. E pior: está com medo de perguntar.

Muita gente preferiria, claro, que essas informações de natureza pessoal não fossem partilhadas na internet. Um mundo onde gente adulta não perdesse tempo discutindo com o parceiro o status de relacionamento no Facebook seria melhor. A partilha pública de sentimentos é um comportamento adolescente, movido por sentimentos adolescentes. Mas as redes sociais nos reduziram a isso, não foi? Viramos adolescentes fofoqueiros e exibidos de diferentes idades. A vida de cada um de nós tornou-se uma ópera encenada online com 24 horas de riso, fotos bem editadas, certo drama e alguma autopiedade. Como velhos artistas obcecados por si mesmos, no futuro não nos lembraremos dos fatos, mas do registro: "Lembra a fulana? Escrevi um *post* sensacional quando a gente acabou..."

Se a ordem é escancarar publicamente a própria vida, se essa orgia de revelações é realmente irreversível, prefiro quem faça isso com graça e autoironia. Uma mulher com uma dúvida, talvez dissesse o poeta Leminski, é muito mais interessante. Ao menos ela convida a minha simpatia. Desperta em mim o sorriso melancólico de quem conhece essas paragens. Suscita em meu coração anterior ao Facebook a sensação de que seguimos fundamentalmente perdidos e desamparados, anunciando ao outro, ao mundo, que precisamos, com todas as forças, de quem nos resgate da incerteza. Que alguém, por favor, tome vergonha e apareça.

AMOR NÃO SE IMPROVISA
AMOR NÃO SE IMPROVISA
AMOR NÃO SE IMPROVISA
AMOR NÃO SE IMPROVISA

AMOR NÃO SE IMPROVISA

AMOR NÃO SE IMPROVISA
AMOR NÃO SE IMPROVISA
AMOR NÃO SE IMPROVISA
AMOR NÃO SE IMPROVISA
AMOR NÃO SE IMPROVISA
AMOR NÃO SE IMPROVISA
AMOR NÃO SE IMPROVISA
AMOR NÃO SE IMPROVISA

SÓ DAMOS AOS OUTROS AQUILO QUE ANDAMOS RECEBENDO A VIDA INTEIRA.

Uma de minhas vizinhas de prédio gosta de me lembrar quanto pareço feliz desde que me casei. A gente se encontra no elevador, e ela, invariavelmente, observa que continuo com o sorriso dos homens apaixonados. Eu rio, embaraçado e contente, e conversamos um pouquinho. Além de gentil e afetuosa, minha vizinha é romântica. Ela perdeu o marido há pouco tempo, depois de um casamento de trinta anos, e projeta nas pessoas ao redor um pouco da felicidade que viveu. Ao agir assim, de maneira tão doce, ela me lembra que as pessoas dão ao mundo aquilo que receberam. Pode ser amor e gentileza, pode ser o contrário.

Isso é muito claro quando a gente entra na intimidade de um relacionamento. Em pouco tempo, começamos a perceber do que a outra pessoa é feita. Ou, melhor dizendo, de que tipo de experiência amorosa ela é constituída. Pode ser de um amor tranquilo e seguro, que resulta num tipo de gente. Pode ser de um amor escasso e algo desesperado, que dá outro tipo de ser humano. Pode ser — na pior das hipóteses — da falta de amor (ou da percepção da falta de amor, que dá na mesma). Dela resulta uma gente arisca, dura, refratária aos próprios sentimentos e aos dos outros.

A experiência universal sugere que a gente não escolhe por que tipo de pessoa se apaixonará. Quando se dá conta, já aconteceu — e estamos envolvidos, até o pescoço, com alguém que pode ser muito difícil de amar, por ter as piores experiências no assunto. Nenhum de nós tem currículo perfeito nesse tema. Posta no divã de um analista, a maioria revelaria buracos enormes na biografia afetiva. Alguns, porém, têm traumas mais visíveis, rombos escancarados que se traduzem, sobretudo, na falta de naturalidade quando se trata de afeto. Gostar para eles é difícil, doloroso, complicado. Receber o sentimento do outro também. O cotidiano da relação, que exige a troca de sentimentos simples, fica truncado. É como se as pessoas falassem, afetivamente, línguas diferentes. Elas não se compreendem, porque a uma delas (ou às duas) falta o vocabulário essencial do amor.

Talvez, a muitos, isso pareça abstrato. Para mim, é muito concreto.

Tendo vivido e convivido com pessoas muito diferentes, me parece muito claro como a experiência amorosa (familiar e romântica) produz diferentes atitudes diante do amor — e como essas atitudes são modificadas pelas experiências da vida adulta. Quando começamos a nos relacionar eroticamente, somos adolescentes. Levamos para os braços do outro, quase intactas, nossas questões infantis e familiares. À medida que a gente cresce e vai tendo outras experiências, os sentimentos evoluem. Ninguém está pronto e acabado aos vinte ou aos quarenta anos. Nem aos setenta, acho.

A impressão de não ser a criança mais amada do mundo pode diminuir ou aumentar nos primeiros envolvimentos. A sensação adolescente de ser o centro das atenções (ou de ser rejeitado pelo mundo) pode ser negada ou confirmada por um grande amor. O medo e a insegurança podem ser ampliados numa sequência de relações instáveis, ou reduzidos por um relacionamento intenso, seguro e duradouro. A vida não para de nos formar. Quem a gente escolhe para estar a nosso lado tem papel fundamental nessa formação.

Por isso tudo, a atitude de minha vizinha me parece tão bonita. Ela sabe, por ter vivido, que as pessoas se transformam pela experiência do amor. Divulga esse evangelho de uma forma discreta e efetiva. Na última vez em que me disse que eu parecia feliz, eu acabara de ter uma briga estúpida e desnecessária com minha mulher. A conversa no elevador, na saída para trabalho, me ajudou a lembrar o quanto gosto dela e quanto essa relação é importante para mim. Horas depois, peguei o telefone e liguei para pedir desculpas. Talvez fizesse isso de qualquer maneira, mas gosto de pensar que minha vizinha me ajudou a lembrar que fazer as pazes era urgente e necessário.

MEDO DE PERDER MEDO
DE PERDER MEDO DE PER-
DER MEDO DE PERDER
MEDO DE PERDER MEDO
DE PERDER MEDO DE PER-
DER MEDO DE PERDER

MEDO DE PERDER

MEDO
DE PERDER MEDO DE PER-
DER MEDO DE PERDER
MEDO DE PERDER MEDO
DE PERDER MEDO DE PER-
DER MEDO DE PERDER
MEDO DE PERDER MEDO

ELE É CAPAZ DE ENVENENAR NOSSAS RELAÇÕES MAIS IMPORTANTES, FAZENDO COM QUE ACABEM ANTES DA HORA.

O outro lado de gostar é sentir medo. Quanto mais apaixonados, quanto mais admiramos a pessoa ao lado, mais nos assombra o medo de perdê-la.

Uma vez, faz muito tempo, tive uma namorada que eu achava a mulher mais especial do mundo. Pela beleza, pelo talento, pela personalidade única. Quando ela arrumou um emprego novo, num lugar cheio de caras famosos, perdi horas de sono imaginando que todos eles ficariam tão apaixonados por ela quanto eu, bastando vê-la, e que fatalmente um deles a tomaria de mim. Nada disso aconteceu, mas eu ainda me lembro do sentimento horrível de apreensão cada vez que ela falava do trabalho. Não acho que eu tenha demonstrado meus temores, mas eles existiam e me faziam um mal enorme.

É inútil perguntar por que nos sentimos assim. Provavelmente porque somos biologicamente inseguros, porque tememos tudo que pode nos causar dor, porque nossa felicidade olha adiante e antecipa o próprio fim. Talvez sejamos bichos inteligentes demais para nosso próprio bem.

Por isso as coisas boas da vida nos pesam, quando deveriam apenas nos alegrar. Na mente e no coração humano o momento não existe. Existe o passado, cheio de lições dolorosas, e o futuro, que pode ser preenchido com esperança ou com medo. Frequentemente, o medo vence.

Em princípio, mantidas as devidas proporções não há nada de errado com isso. Temer a perda do amor é uma forma de valorizá-lo. O medo nos faz atenciosos e nos torna alertas. Quando você olha a pessoa que ama e um temor gelado o atravessa, percebe o quanto ela é importante, o quanto a felicidade depende da presença dela. E, de alguma forma, cuida. Está bem assim.

O que não está bem é se deixar dominar pelo medo e permitir que ele oprima o outro. Esse é um erro comum. Em vez de celebrar a dádiva da paixão, a pessoa se entrega à mais angustiada paranoia e joga sobre o outro o peso da própria ansiedade. Não pode. A vida exige elegância. Se o temor o invade, lide com ele em silêncio ou procure um amigo, um analista para desabafar. Mas poupe a pessoa que ama. Ela não vai entender e quase certamente não vai gostar. A admiração que ela tem por você pode começar a acabar — e a relação, lentamente, começa a escorrer para o ralo.

O essencial, eu acho, é entender que nem tudo se diz e nem tudo se divide. Não temos esse direito. Mesmo o amor exige compartimentos separados. Você não mostra para a pessoa que ama o lado mais escuro da mente, sobretudo quando é uma imagem dela que está lá dentro. É obsceno expor suas fantasias de perda, é inútil exibir os sintomas de seu medo. Você parecerá uma criança agressiva e assustada. Esses sentimentos têm de ser contidos, examinados e reexaminados, num processo que nos permite lidar com mais segurança com os próximos desafios da relação, e com outras relações que possamos ter. Enfrentar nossos medos significa confrontá-los internamente, não atirá-los na cara da pessoa que amamos.

Isso não quer dizer que não se possa conversar. Se os atos da pessoa com quem você está o deixam em permanente estado de insegurança, vale a pena falar sobre isso. Serenamente, objetivamente. Às vezes, imputamos aos outros gestos e intenções que estão apenas em nossa cabeça. Em outras ocasiões, as pessoas podem agir de forma acidental ou deliberada para insuflar nossos piores sentimentos. Isso também não pode. É para isso que a conversa existe, para separar fantasia de realidade e para ajustar comportamentos. Sem paranoia e sem sacanagem, todo mundo se entende.

Outra coisa importante a ter em mente é que a gente aprende e muda. Da primeira vez o medo nos transtorna. Mas, mas se ele for enfrentado com serenidade, na próxima vez vai nos afetar um pouco menos. Nossa segurança cresce com a experiência emocional e com o aprofundamento de cada relação. Uma transa apaixonada pode provocar muito temor no início, mas a passagem do tempo e a confirmação da reciprocidade ajudam a nos tranquilizar. Quando isso não acontece, alguma coisa está errada. Com você, com sua pessoa ou com a relação de vocês. Não é normal viver em pânico. Confiança é essencial. Quem acha diferente está errado.

DEIXA NA PORTARIA DEI
XA NA PORTARIA DEIXA
NA PORTARIA DEIXA NA
PORTARIA DEIXA NA POR
TARIA DEIXA NA PORTA
RIA DEIXA NA PORTARIA

"DEIXA NA PORTARIA"

DEI
XA NA PORTARIA DEIXA NA
PORTARIA DEIXA NA POR
TARIA DEIXA NA PORTA
RIA DEIXA NA PORTARIA
DEIXA NA PORTARIA DEI
XA NA PORTARIA DEIXA...

OS PORTEIROS SÃO TESTEMUNHAS DE MUITA COISA BOA — E RUIM — QUE ACONTECE EM NOSSA VIDA.

Quantas vezes eu deixei objetos e mensagens na portaria daquele prédio? Meia dúzia de vezes, pelo menos. A cada ruptura eu passava lá, neuroticamente, para deixar as coisas dela que haviam ficado em minha casa: roupas, colares, óculos, livros. Era um jeito bobo e agressivo de sinalizar minha disposição em me afastar — e uma evidência patética, definitiva, do quanto eu não estava conseguindo. Por que não enfiar as coisas da ex numa gaveta e deixá-las por lá, envelhecendo? Porque assim eu não teria uma desculpa para me aproximar, ainda que indiretamente, da mulher cuja ausência me adoecia.

Mas a portaria não servia só para isso. Ela era — como em outras relações com outras mulheres — uma espécie de caixa de correio humanizada, onde se deixavam flores, mensagens, lembranças e pedidos. O porteiro — às vezes gentil, outras vezes entediado — funcionava como intermediário involuntário às manifestações do espírito humano. Por meio dele, passavam correntes de sentimentos que podiam variar da paixão exaltada à simples delicadeza. Um dia, uma rosa e um bilhete. No outro, um óculos que fora esquecido. Às vezes, um poema.

Os porteiros são testemunhas de muita coisa boa — e ruim — que acontece em nossa vida. Eles veem amores nascerem e desmoronarem. São testemunhas de conversas inacabáveis e românticas dentro do carro, e de cenas envergonhadas de choro que emergem, repentinamente, dos mesmos automóveis, meses depois. Num dia, sobe o seu Fulano para a casa da dona Sicrana. No dia seguinte, sobe o Beltrano. O porteiro não comenta, mas percebe: o cara que está pegando geral, a moça que trocou de namorado, o sujeito que pede pizza, deprimido, todo sábado à noite. Uma parte importante da vida se desenrola ali, naquela breve passagem entre a rua e o elevador.

Nós contribuímos para isso terceirizando parte de nossa existência ao porteiro. Como as entregas de encomendas (indesejadas) costumam ser desculpas para o contato emocional (igualmente indesejado), se não queremos ver alguém, usamos a portaria como barreira de proteção. O cara liga, lembra que está com seus livros e diz que gostaria de devolvê-los (isto é, encontrá-la). Qual a saída mais fácil se você não tem vontade de rever o sujeito? "Deixe na portaria, por favor". Rápido, higiênico e indolor (para você, não para ele).

Os homens também se valem desse tipo de expediente, de forma até mais direta. Tenho um amigo que vive enrolado com várias mulheres e que tem no porteiro um aliado fiel. Quando meu amigo está acompanhado de uma mulher em casa, o porteiro diz a qualquer outra visitante inesperada que ele não está. "Se a ex-namorada bonita e temperamental resolve visitar meu amigo de surpresa, o porteiro, avisado de antemão, nem usa o interfone. "Seu Fulano não está. Se a senhora quiser, deixe uma mensagem que eu entrego". Na prática, ele mistura as funções de secretário e segurança.

Como tudo mais, esse aspecto menor de nossa existência revela algo importante sobre a forma como vivemos. Mostra que não resolvemos boa parte de nossas pendências afetivas sem olhar nos olhos. Usamos o telefone, a internet, a portaria. É moderno, mas suspeito que não seja lá muito saudável. O uso sentimental da portaria sugere, também, que estamos nos tornando menos cuidadosos no trato com os outros. "Deixe na portaria" é uma forma impessoal e rude de informar que não se deseja ver alguém. Tenho a impressão, ao final, que isso tudo acontece porque estamos nos envolvendo com mais gente, muito mais gente, no decorrer da vida. Para lidar com essas múltiplas relações e seus efeitos imprevisíveis, precisamos de ajuda prática. O porteiro está lá para fazer isso — proteger nossa privacidade, alimentar nossa esperança e liquidar a dos outros quando isso se fizer inevitável.

COM A AJUDA DOS AMI-
GOS COM A AJUDA DOS
AMIGOS COM A AJUDA
DOS AMIGOS COM A AJU-
DA DOS AMIGOS COM A
AJUDA DOS AMIGOS **COM**
A AJUDA DOS AMIGOS
COM A AJUDA DOS AMI-
GOS COM A AJUDA DOS
AMIGOS COM A AJUDA
DOS AMIGOS COM A AJU-
DA DOS AMIGOS COM A
AJUDA DOS AMIGOS...

NÃO EXISTE UMA ÚNICA MANEIRA DE VIVER, MAS EM TODAS ELAS OS AMIGOS SÃO FUNDAMENTAIS.

Percebi outro dia que parte dos casais que eu vi surgir no início dos anos 2000 não existe mais. Várias pessoas que começaram a namorar naquela época, e que, nos anos seguintes, viriam a casar e ter filhos, não estão mais juntas. Elas se separaram ou estão em processo de separação. Começam inclusive a formar novos pares. Algumas estão com pessoas totalmente novas, outras revisitam relações antigas. Os que estão sozinhos têm o ar de que ainda não se acostumaram à nova situação.

Todos parecem estar bem, mas, ainda assim, um pedaço de mim entristeceu ao constatar as separações.

Acho que a gente simplesmente não gosta de que as histórias dos outros acabem. A vida das pessoas de quem a gente gosta deveria ser como um filme que termina, congela e se eterniza no beijo final. Assim ele pode ser repetido a qualquer momento. A gente quer um final feliz eterno porque estava lá quando os amigos se agarraram pela primeira vez, porque soube quando eles transaram no *réveillon* da praia, porque dançou, be-

beu e se emocionou até as lágrimas quando eles se casaram. Naquele dia memorável, eles pareciam tão apaixonados, tão jovens e tão bonitos que nada poderia impedir que se amassem para sempre.

Alguém aí põe "Eduardo e Mônica", por favor?

A imagem da felicidade dos casais amigos é tão preciosa que não pertence apenas a eles. Ela faz parte de nossa vida. Compõe o filme de nossa existência. Está lá, junto com a foto engraçada em que nos preparamos para a primeira balada. Faz parte da mesma sequência em que estamos gritando e batendo panelas na passeata. Lembra aquele momento em que todo mundo está bêbado e abraçado na festa da formatura? A gente se amava tanto... Essa é a sensação, essa é a imagem que a gente quer levar para o resto da vida.

Pode tocar "With a little help from my friends", da abertura de "Anos Incríveis".

Nostalgia é um sentimento delicioso, mas ele não deveria dirigir nossa vida. Assim como a adolescência e os dias de "cabelo ao vento e gente jovem reunida" da faculdade fatalmente acabam, a grande paixão inesquecível da juventude também deixa de existir para muitos de nós. Haverá aqueles que, tendo encontrado o amor aos 17 anos, crescerão com ele até casar, ter filhos e construir, com base nessa relação afortunada, uma vida intensa e plena. Para outros, não. Para esses será preciso deixar para trás o amor dos vinte anos e descobrir outras formas de amar, outras pessoas, outros tipos de relação. Também nisso há uma espécie de fortuna: a possibilidade de viver outras vidas na mesma vida, a possibilidade de começar de novo quantas vezes for preciso.

A boa notícia é que a vida se renova em todas as formas que a gente decide viver. Muitas vezes literalmente.

No mesmo momento das separações, há pessoas que estão celebrando uniões duradouras com o primeiro filho, depois de terem batido pé por boa parte do mundo. Há outras que, tendo procurado o amor com a dedicação e a ansiedade dos caçadores de tesouro, agora parecem sossegadas, e se preparam para pôr no mundo uma menina que nasce para dizer: encontrei!

No mundo que recebemos de nossos pais, e ajudamos a definir com nossas escolhas todos os dias, parece não existir uma única direção em que as coisas se movem. Certamente não existe uma única maneira de fazer as coisas e um tempo único em que elas aconteçam. Todos os tempos convivem e todos os estilos de vida se tocam. O essencial é que todos eles sejam cercados de carinho, amizade e tolerância.

Não é possível estender a ternura visceral e a solidariedade da adolescência para o resto da vida, mas talvez seja possível organizar um mundo do qual ela não tenha sido varrida. Um mundo em que as pessoas construam suas vidas da forma que acharem melhor, sob o olhar generoso e cúmplice de quem fez parte dela. Com a ajuda dos amigos e cercado por eles, fica tudo mais fácil.

Pode tocar de novo "With a little help from my friends"...

AFETOS IMPOSSÍVEIS AFE-
TOS IMPOSSÍVEIS AFETOS
IMPOSSÍVEIS AFETOS IM-
POSSÍVEIS AFETOS IMPOS-
SÍVEIS AFETOS IMPOSSÍ-
VEIS **AFETOS IMPOSSÍVEIS**
AFETOS IMPOSSÍVEIS AFE-
TOS IMPOSSÍVEIS AFETOS
IMPOSSÍVEIS AFETOS IM-
POSSÍVEIS AFETOS IMPOS-
SÍVEIS AFETOS IMPOSSÍ-
VEIS AFETOS IMPOSSÍVEIS
AFETOS IMPOSSÍVEIS...

O QUE ACONTECE QUANDO NOSSO DESEJO DESAFIA A LEI DA GRAVIDADE.

Conheço um sujeito que se apaixonou pela cunhada. Um dia começou a pensar nela antes de dormir. Pouco depois, percebeu que não via a hora de encontrá-la nas reuniões de família. Não que fosse uma beldade, ele me disse. Era apenas uma gordinha brejeira, diferente da pálida elegante que ele namorava. De tanto desejar a mulher do irmão, começou a imaginar que ela também o queria. Achou que percebia olhares, sorrisos, raspões de corpo na porta da cozinha. Um dia, meio bêbado no almoço de domingo, na casa dos pais, teve certeza de que ela tocava os pés dele embaixo da mesa. Uma loucura.

Como não era personagem do Nelson Rodrigues, nem a vida dele uma tragédia suburbana, num dado momento o surto passou, antes que ele tivesse tempo de fazer qualquer loucura. De alguma maneira, percebeu que, em vez paixão, o que estava sentindo era puro assanhamento — explicável, em boa medida, pelos problemas dele com a namorada. Quando as coisas recomeçaram a funcionar na intimidade deles, a cunhada voltou a ser apenas a mulher sorridente e carinhosa que sempre fora.

Por trás dessa história inofensiva, existe algo que eu chamo de "afetos impossíveis". O alvo desses sentimentos insolúveis pode ser qualquer pessoa, mas a situação é sempre a mesma: uma fantasia amorosa invade nossa consciência e ocupa o espaço da vida real. Em vez de mandá-la para o ralo dos devaneios inconfessáveis, abraçamos a aberração. Então os problemas começam.

Há homens maduros que se apaixonam pela filha do vizinho. Há professoras que ficam obcecadas por alunos adolescentes. Há garotas transtornadas por outras garotas que nada querem com elas. Até gente enamorada do amigo ou da amiga cabe nessa definição. O que liga todos esses casos é a ausência de esperança. O que os torna parecidos é o fato de exporem os caprichos de nosso desejo.

Nós queremos tudo, o tempo inteiro. Afeto, sexo, admiração, objetos. É um milagre de sanidade que a máquina de querer que somos nós consiga estabelecer com o mundo — e com outras pessoas transbordando de vontades — alguma relação civilizada. Na maior parte do tempo, mantemos sob controle o aparato desenfreado de querer. Aplicamos sobre ele o duro princípio da realidade. Eu quero, mas Fulana não quer. Eu tenho vontade, mas não posso. Já tentamos e não deu certo. São mecanismos racionais de defesa que funcionam. Secretamente ainda queremos, mas esses mecanismos nos ajudam a socar a vontade inconfessável no porão da alma, lá embaixo, onde só entramos escondidos uma vez por ano, geralmente bêbados.

Quando permitimos que uma vontade assim escape do porão, ela vira um afeto impossível, espécie de Godzila emocional destruindo o centro de Tóquio, que somos nós. Desejo pela cunhada, paixão pelo amigo gay, o impulso de procurar aquela mulher que agora está casada com dois filhos. Que tal escrever, de novo, para aquela pessoa que trata você como lixo? Ou reatar o romance destrutivo que pôs à mostra o que há de pior em você?

Não é preciso ser tabu para ser um afeto impossível. Cada um de nós conhece melhor que ninguém o rosto de seu monstro e os contornos do porão sombrio de onde ele saiu. São desejos sem correspondência na realidade. Autoindulgências perigosas. Situações trágicas, no sentido de que o desfecho é mais ou menos inevitável desde o início. Coisas que nos machucam, e, no limite, são capazes de nos destruir. Quem se concede esse tipo de fantasia está fadado a dar com os burros n'água 9,5 em cada dez vezes. Mas muitos insistem em tentar.

Afinal, hoje em dia vivemos para realizar nossos desejos. Acreditamos que a satisfação de nossas fantasias é a única forma de felicidade — na vida material e nas relações afetivas. Em vez de cultivar o senso de proporção e de realidade, agimos, na vida amorosa, como consumidores afoitos para quem tudo está disponível. Acreditamos no triunfo do desejo mesmo que ele dispute com a lei da gravidade.

Pois eu acho que os limites existem. Cunhada não pode, filha do vizinho é demais, gente maluca não dá. Quem apenas nos faz sofrer está fora da lista, paixão platônica por amigos é burrice, dependente químico precisa de médico. Nem tudo que desejamos é legítimo, afinal. Nem tudo pode. Um dia temos de aprender a dizer não para nós mesmos e olhar os erros de frente. Aprender com as decepções. Em vez de ilusão, realidade. Em vez de devaneio, mundo real. Os afetos impossíveis resultam em boas histórias do Nelson Rodrigues — mas são histórias que ninguém quer levar na própria biografia.

ELE NÃO QUER NAMORAR?

ELE NÃO QUER NAMORAR?

ELE NÃO QUER NAMORAR?

ELE NÃO QUER NAMORAR?

ELE NÃO QUER NAMORAR?

ELE NÃO QUER NAMORAR?

ELE NÃO QUER NAMORAR?

ELE NÃO QUER NAMORAR?

ELE NÃO QUER NAMORAR?

ELE NÃO QUER NAMORAR?

ELE NÃO QUER NAMORAR?

ELE NÃO QUER NAMORAR?

ELE NÃO QUER NAMORAR?

O ROMANTISMO DESTRUTIVO DOS HOMENS QUE NÃO SE DECIDEM.

O mundo parece estar cheio de homens que não querem namorar. Eles me contam isso, as mulheres que saem com eles dizem isso. Eu não entendo. Que o sujeito hesite em morar junto, casar, ter filhos, comprar apartamento pelo SFH — tudo isso me parece compreensível. Esses são grandes passos, e nem todos estão prontos para o compromisso. Mas namorar, tanto quanto eu sei, não dói. Andar de mãos dadas, viajar no feriado, ir ao cinema no sábado à tarde são atos no campo do prazer, não do dever. Não deveriam constituir um problema. No entanto...

Pergunte às mulheres e ouça o que elas têm a dizer sobre o assunto. Essencialmente, vão contar que os caras só querem o bilhete de ida. Estão a fim de uma viagem única. Se gostar do sexo, do agarro, do beijo, o sujeito volta; ou não. Tudo é negociado um dia de cada vez. Não há laços, nem fins de semana assegurados, muito menos exclusividade. Essa situação, que antes seria considerada transitória, agora pode durar indefinidamente. Do ponto de vista de algumas mulheres com quem eu tenho conversado, os relacionamentos ficaram parecidos com empregos precários: não há contrato, não há garantias e aviso prévio não existe. Pode acabar a qualquer instante, já que oficialmente nunca começou. É o amor terceirizado.

Da parte dos caras, a queixa é outra. "Eu não me envolvo", eles reclamam. Sai moça, entra moça, e fica o mesmo vazio. A mulher que parecia espetacular perde o brilho em poucos dias. A empolgação inicial não se sustenta. Tudo se resume a um desejo passageiro, que pula de uma dona para outra. Como nada ganha relevo, tudo é igual a tudo. Então se trata, simplesmente, de administrar uma agenda com vários nomes. Isso inclui Facebook, celular, muitas horas vazias e solidão. Um dia a fulana, outro dia a sicrana, amanhã, quem sabe, alguém capaz de fazer diferença. Em cada uma delas, novidade e prazer. Nos intervalos entre elas, ansiedade e angústia.

Como eu já disse, não entendo muito bem essa dificuldade. Acho bom demais namorar. Melhor coisa do mundo, na verdade. Os primeiros meses de namoro são melhores que banho de cachoeira, melhor que pegar jacaré numa tarde de verão, melhor que ficar bebum em companhia de amigos. No namoro, a gente descobre (ou redescobre) que pode ser feliz, que nosso romantismo não morreu, que existe dentro de nós um sujeito capaz de gestos arrebatados e pensamentos delicados, um cara que se lembra de comprar um presente inesperado e de mandar um poema no meio da tarde, pelo celular. Quem não gosta de sentir-se assim levanta a mão — e corre assim mesmo, de mão erguida, para o analista mais próximo!

Então, não acho que os homens em geral tenham problemas com isso. Seria desumano. Minha impressão é que há dois tipos de situações, a simples e a complexa. A simples é realmente simples: ele não quer namorar você, mas não significa que não queira namorar em geral. As mulheres às vezes confundem. Criam fantasias sobre as dificuldades afetivas de um cara que apenas não está a fim delas, mas cai de quatro, dias depois, pela próxima mulher que entra na vida dele. Isso acontece o tempo todo. É do jogo. Levanta e vai à luta, menina.

Mas há outro tipo homem para quem namorar é realmente um problema. Entre ele e o oásis de ternura e erotismo chamado namoro caminha a besta vigilante da ansiedade. A fera peluda de olhos flamejantes impede o sujeito de se concentrar. Faz com que ele se disperse numa multidão de desejos conflitantes. Diante de tantas garotas, diante de tamanha possibilidade de prazer, o cara não consegue fixar sua atenção em ninguém. Quer tudo, deseja todas, e, por mais que obtenha, continua insatisfeito — porque há sempre mais ao redor. Sempre existe uma mulher mais bonita, mais sexy, mais interessante na próxima esquina. Se a bússola do coração está quebrada, seu dono nunca vai achar o norte. É uma corrida sem linha de chegada. Mesmo sozinho e miserável, o sujeito seguirá esperando a resposta definitiva do universo a suas inatingíveis aspirações. Pode chamar isso de burrice, mas eu acho que é mesmo ansiedade e desassossego. Uma forma destrutiva de romantismo.

As mulheres se julgam as criaturas mais românticas do planeta, mas talvez não sejam. Olhe em volta: diante de um cara apaixonado, bacana, determinado a ficar com elas, boa parte das mulheres sossega. O cara pode não ser perfeito, mas se torna "o cara". Há nisso um pragmatismo que muitos homens perderam. Enquanto as mulheres escolhem de maneira apaixonada, mas com os pés no chão, eles parecem viver nas nuvens, sonhando com a mulher perfeita. Como ela não aparece, o cara vai testando uma atrás da outra, como se levasse um sapatinho de cristal no bolso. O padrão de exigência é elevado, opressivo talvez. Muitas vezes baseado apenas em aparência. Tem homem adulto se apaixonando pela mulher da capa de revista, por atriz de filme pornô, por modelo americana. Homens de trinta anos, eu digo. Homens de quarenta. Não há limite de idade para o desvario. Uma legião de barbados de todas as classes e graus de instrução vive à mercê de fantasias que bloqueiam as construções afetivas verdadeira. Como o sujeito vai namorar se a mulher da vida dele pode saltar da capa de uma revista na semana que vem? Se você está apaixonada por um cara assim, talvez seja melhor dar um tempo e esperar ele pousar na Terra. Pode demorar uns aninhos.

O Alain de Botton, que virou meu guru nesses assuntos, lembra que, ali pelos quarenta anos, o sujeito já começa a perceber que vai morrer, e isso acrescenta a tudo que ele faz uma tinta de urgência. Sobretudo no sexo. Antes de empacotar, antes de ficar broxa e caído, é preciso aproveitar a juventude — dos outros. Esse sentimento é forte. Se o jovem quer todas as mulheres do mundo porque está nadando em desejo e inexperiência, o mais velho quer o mesmo porque acha que está saindo de cena e tem fome de vida. O período de maturidade masculino, essa quimera científica, fica cada vez mais curto, espremido entre duas áreas de insensatez em expansão.

Claro, não há dois homens iguais. O roteiro que eu descrevo não vale para todos. Talvez valha só para uma minoria ruidosa. A maioria — quem tem essa estatística? — deve estar feliz agora mesmo, encomendando na internet um presente para a namorada. Ou planejando uma viagem romântica de ano-novo com ela. Não sei. Olho para o mar e vejo apenas quem está se afogando — e são muitos. Se eu pudesse dizer alguma coisa para eles, diria "pare, respire, comece alguma coisa". Escolha alguém que toque seus sentimentos e se deixe ficar ao lado dela. As mulheres, quando querem, quando nós deixamos, têm um jeito gostoso de nos fazer felizes. Pode não ser para sempre, mas quem se importa? A vida é um dia de cada vez — e eles são melhores quando a gente está namorando.

MELHOR NÃO VER DE
NOVO MELHOR NÃO VER
DE NOVO **MELHOR NÃO
VER DE NOVO** MELHOR
NÃO VER DE NOVO ME-
LHOR NÃO VER DE NOVO
MELHOR NÃO VER DE
NOVO MELHOR NÃO VER
DE NOVO MELHOR NÃO
VER DE NOVO MELHOR
NÃO VER DE NOVO ME-
LHOR NÃO VER DE NOVO
MELHOR NÃO VER DE

PESSOAS MARCANTES E FUGAZES EM NOSSA VIDA NÃO DEVERIAM SER PROCURADAS. EM GERAL, TRAZEM DECEPÇÕES.

Uma ex-namorada minha teve um caso inesquecível com um italiano. Eles se conheceram na Bahia, nas férias da faculdade dela, e por lá ficaram mais de um mês. Transando, fumando e nadando, no resumo saudoso que ela fazia, despreocupada com meu ciúme. Eu, na verdade, não ligava para aquela reminiscência juvenil — até o dia em que o tal italiano apareceu, alto, moreno e boa-pinta, na festa onde eu e ela caímos por acidente. Ela congelou ao vê-lo, me explicou quem era em uma palavra ("o italiano") e eu, apaixonado, tive de agir como se fosse um sujeito seguro. "Fale com ele. Vou atrás de uma cerveja e de uma cara conhecida", eu disse, antes de deixar os dois na sala e marchar para a cozinha.

Meia hora depois, achando que já tinha dado tempo demais ao destino, voltei à sala e dei de cara com a expressão dela de socorro: um sorriso enorme e olhos que me fitavam intensamente. Ao me aproximar, descobri que o italiano, envolto numa nuvem de maconha, era um chato sem limites. Não parava de falar, disparava perdigotos, não conseguia fazer uma sentença em português que não doesse no ouvido. O cara era bonito, mas não tinha nada a dizer que não usasse a primeira pessoa do singular. Pior ainda, a vida dele parecia ter parado naquela praia e naquele momento onde a namorada o conhecera. Em dois minutos, percebi que minha relação não corria risco. O passado dela é que estava desmoronado na minha frente. No dia seguinte, ela me disse que melhor seria nunca ter encontrado o italiano. Perdera uma linda memória, e não ganhara nada.

Talvez haja uma regra nessa história: os grandes casos de amor do passado não deveriam ser confrontados com a realidade. As pessoas mudam, as circunstâncias se alteram e os sentimentos, muitas vezes, desaparecem. Dez anos depois, o grande romance de sua vida pode ser uma pessoa irreconhecível ou intolerável, como o italiano.

Alguns podem achar que é pessimismo, mas eu vejo essa cautela como poesia. Trata-se de admitir que vivemos muitas vidas numa só, e que elas não se misturam bem. Aquilo que aconteceu na praia, a estação de trem da cidade estrangeira, o encontro clandestino no hotel — certas cenas, de tão mágicas, pertencem apenas à esfera da memória, não à da vida real. Trazê-las ao presente é como expor ao ar as milenares pinturas egípcias, apenas uma forma de destruí-las.

Mas eu, ao contrário de muita gente, não tenho dificuldade em conviver com a nostalgia. Para mim está claro que no passado também se vive, embora com moderação. A mulher que me fascinou há dez anos, posso rever seu corpo na memória e seu sorriso. É mais sábio do que tentar viver aquilo novamente, com ela — que se casou, que tem três filhos, que envelheceu, assim como eu, e que não me deseja mais. Correr atrás de memórias é como apedrejar a lua, mas sem a mesma beleza.

Naturalmente, eu não cheguei a essa conclusão por força de minha inteligência. Foi correndo atrás de sombras que eu descobri que era melhor deixá-las em paz.

Uma vez, durante um surto de infelicidade conjugal, fui atrás de uma mulher que eu havia amado muito, muito tempo antes. Não foi fácil achá-la, mas não há quem um jornalista laborioso não encontre se estiver motivado. Ela agora morava no outro lado da cidade, estava casada e tinha dois filhos. A vida profissional dela, de meu ponto de vista, era um desastre, mas ela parecia feliz e tranquila, como não me lembrava dela antes. Tomamos café, falamos do passado, e eu, lentamente, fui me dando conta do ridículo da situação — eu viera para tentar seduzi-la, mas encontrara uma mulher serena e bem casada, fisicamente diferente do que eu me lembrava, que demonstrava por mim o mesmo interesse que teria por um Ford Corcel 1973, daqueles que só valem o que nos lembram do passado. Despedimo-nos afetuosamente, e nunca mais a procurei. Algo se aprende, não?

Admito que isso talvez não valha para todos. Deve haver gente que mergulhou com sucesso atrás de lembranças do passado. Comigo nunca aconteceu e penso que não é comum. Se pudesse dar um conselho, eu diria: olhe para frente, de olhos bem abertos. Deixe o passado visitá-lo para quando estiver de olhos fechados.

NÓS, INCOMPLETOS NÓS, INCOMPLETOS NÓS, IN-COMPLETOS NÓS, INCOM-PLETOS NÓS, INCOMPLE-TOS NÓS, INCOMPLETOS

NÓS, INCOMPLETOS

NÓS, INCOMPLETOS NÓS, IN-COMPLETOS NÓS, INCOM-PLETOS NÓS, INCOMPLE-TOS NÓS, INCOMPLETOS NÓS, INCOMPLETOS NÓS, INCOMPLETOS NÓS, IN-COMPLETOS NÓS...

DESDE QUANDO FICOU FEIO PRECISAR DO CARINHO E DA ATENÇÃO DO OUTRO?

Gente perfeita não precisa dos outros. São tipos como você e eu que necessitam das qualidades dos parceiros. Eles nos emprestam organização, paciência e disciplina, em troca de humor, espontaneidade e imaginação. Eles nos dão coragem quando somos covardes, nos acalmam se estamos em fúria e elucidam, com inteligência, tramas que nós seríamos incapazes de enxergar. Eles não são melhores do que nós, mas são diferentes — e isso, boa parte das vezes, é essencial.

Enfatizo tamanha obviedade porque estamos sufocados pela ideia de perfeição. Para garantir a posição no relacionamento (e no mundo) temos de ser bonitos, inteligentes e bem-sucedidos. Além de totalmente independentes, claro: estou com você porque eu quero, não porque preciso, entendeu? Precisar do amor e da atenção do outro é feio.

Tenho um amigo que, há pouco menos de um mês, quebrou o braço direito. Nas primeiras semanas depois da queda — e da cirurgia que se seguiu —, ele virou um dependente físico. Precisava da namorada para amarrar o sapato, ajudá-lo a tomar banho, vestir a camiseta e cortar o bife. Vendo os dois naquela cena de enfermagem, num almoço de domingo, me ocorreu que, sem ela, ele estaria frito. Iria se virar de algum jeito, claro, mas sem a sensação gostosa de ser cuidado e querido, que deve ter feito uma diferença enorme durante a chatice da recuperação.

Acho que esse caso encerra uma metáfora sobre nossos relacionamentos.

Nós todos nascemos com algo quebrado dentro de nós. Essa fratura primordial impede a autossuficiência e exige a presença do outro. Uma pessoa amada, querida ou apenas desejada mitiga nossa dor original e provê, com sua presença, algumas sensações essenciais. Ela nos dá o prazer do contato corporal, ela garante a segurança de não estarmos sós, ela oferece, com seus olhares e seus gestos, a admiração e o carinho sem o qual nossa personalidade murcha.

Todos precisam de atenção, mas nem todos são capazes de aceitá-la calmamente. Ao sentir-se dependente — isto é, ligado ao outro —, muita gente pira. Arruma razões fúteis para brigar, enlouquece de ciúme, sente-se sufocada pela presença do outro. Ao final, dá um jeito de chutar o pau da barraca e acabar com aquilo, para enlouquecer de dor logo em seguida. É um paradoxo triste e comum. As pessoas sofrem sozinhas, mas não conseguem permitir que alguém chegue tão perto a ponto de comovê-las — e ameaçá-las com a possibilidade de uma dor ainda maior.

Isso tem a ver também com o espírito do tempo que vivemos.

As pessoas tornaram-se vigorosamente individualistas. As virtudes do século XXI são aquelas do sujeito solitário e decidido que se impõe a um mundo amorfo. Pense nos heróis de nossa época: Steve Jobs, Neymar e até a presidente Dilma. Eles fazem tudo sozinhos, não fazem? O resto da empresa, do time, do governo, existe apenas para executar sua vontade onisciente ou para permitir que ele ou ela exerça seu gênio autoritário.

Esse mito — da pessoa que não precisa de ninguém — é uma falsidade que invadiu nosso modo de pensar e até nossa intimidade. Agora, todos seremos gênios solitários, ou pelo menos burros independentes. Bonito é não precisar emocionalmente de ninguém.

Acho isso tudo uma babaquice, claro. Nós precisamos dos outros. Sempre. Do cara que nos vende o bilhete de metrô à mulher que nos abraça no meio da noite, somos profundamente dependentes das pessoas que nos cercam. Sem as ideias e os sentimentos alheios, nosso próprio mundo não avança — e não há nada de errado em admitir isso.

Se for o caso, claro, a gente se aguenta sozinho. Todos já passamos por isso e é bom saber que resistimos. Estar só, afinal, pode ser inevitável — mas não precisamos fingir que é a melhor maneira de viver. Na qualidade de pessoas imperfeitas e dependentes, florescemos na presença de outros como nós, para quem nossa presença também é essencial. Entender isso ajuda a ter paciência com quem está ao lado. E a desfrutar melhor de sua presença. A nossa humanidade requer o outro. Sejamos humildes. Sejamos modestos. Quanto mais desarmados estivermos na presença do outro, melhor.

AH, OS MODERNOS AH, OS MODERNOS AH, OS MODERNOS AH, OS MODERNOS AH, OS MODERNOS AH, OS MODERNOS AH, OS MODERNOS AH, OS MODERNOS AH, OS MODERNOS AH, OS MODERNOS AH, OS MODERNOS **AH, OS MODERNOS** AH, OS MODERNOS AH, OS MODERNOS AH, OS MODERNOS AH, OS MODERNOS AH, OS MODERNOS AH...

ELES SÃO FASCINANTES, MAS VIVEM NUM MUNDO AFETIVO EM QUE FALTA HISTÓRIA E DRAMA.

Algumas das pessoas mais legais que eu conheço pertencem à tribo dos modernos. Alguém poderia chamá-los de *hipsters*, mas seria impreciso. Os modernos acompanham as séries americanas de tevê e alguns deles são barbados, mas lhes faltam aquela combinação de tatuagens, fluência em tecnologia e em americanização profunda que definem um *hipster*. Os modernos são quase *hipsters*, mas não têm o componente *nerd*. São, antes, sentimentais e liberais. É isso que os distingue.

Houve um tempo em que andei fascinado pelos modernos. Sobretudo pelas modernas, confesso. Com elas e seus amigos se podia sair, dançar e ter um papo leve, cosmopolita. Todo mundo tinha morado fora, todo mundo tinha experiência engraçadas com drogas e, rigorosamente, ninguém tentava conduzir sua vida de forma banal. Eram todas, ou quase todas, pessoas preocupadas em lidar criativamente com a existência, resistindo aos padrões convencionais. Quem não se fascina com isso?

Hoje, transcorridos alguns anos, consigo olhar para essa experiência — e para a turma — com algum distanciamento. Continuo a simpatizar profundamente com a alegria e a decência fundamentais que emanam dessas pessoas. Mas, ao mesmo tempo, percebo a distância que me separa delas e dessa maneira de viver. Se eu pudesse resumir em uma única palavra o que nos distingue, diria história.

Uma das características mais notáveis dos modernos é a desconexão com o passado. O mundo deles gravita em torno do aqui e do agora. Há continuidade com a música de outras gerações, alguma noção de linhagem familiar e de filiação ideológica, mas o mundo que realmente importa para eles é recente. Começou do zero, por volta da adolescência, e tem se expandido rapidamente desde então, como uma espécie de *big-bang* pessoal. É inevitável que um universo tão jovem vibre de energia e novidade. Para quem se aproxima com outra experiência, ele parece puro e original. Não foi contaminado pelo olhar envelhecido das gerações anteriores. Avança com as próprias forças e as próprias ideias, tentando recriar o mundo ao redor munido de meia dúzia de percepções estéticas e convicções liberais. É ingênuo, mas bonito.

Milhões vivem assim hoje em dia, aliás.

No mundo todo, a existência instantânea é a forma mais simples de ser. O presente é tão envolvente, tão ruidoso, que é quase impossível tirar os olhos dele. Basta um descuido para ficar por fora. Vive-se um hiperpresente. Ele resume tudo, contém todas as referências e todas as respostas. Apenas grandes traumas, em geral de natureza pessoal, quase sempre sentimentais, arrancam os modernos dessa sintonia feérica. Então o mundo lhes parece opaco e oco — apesar das conexões on-line de banda larga, das mil e uma possibilidades da cultura digital, da galera.

Embora eu viva cercado por modernos a quem aprecio profundamente, é inevitável constatar que minha tribo é outra. Não apenas por idade ou geração, embora isso pese. É por inclinação pessoal. Aos 15 anos, o passado já fazia parte de minha vida. Não apenas meu passado, mas de meu país, de minha cidade, de minha cultura. Cresci com a sensação de que a minha existência era ligada por fios invisíveis a milhões de existências que vieram antes, a pessoas que deixaram ideias, poemas, livros, músicas, histórias, aspirações e, sobretudo, visões de mundo. O meu presente nunca foi instantâneo. Desde que me entendo por gente, ele está saturado de memórias, de sonhos e de tristezas anteriores a mim. O presente sempre foi continuidade.

Essa maneira de perceber a vida é sentimentalmente incompatível com a leveza dos modernos. Ela incorpora a melancolia das gerações anteriores. Vincular-se, afinal, é partilhar. A geração a que pertencem os modernos é a primeira que tenta viver sem o peso do passado. O presente é seu hábitat natural, e isso se reflete na forma de ver o mundo e na maneira de vivenciar as relações. Onde antes havia drama e inevitabilidade, agora há riso e invenção. Onde antes havia impasse e dor, tudo pode ser recriado. Afinal, nada é absoluto, as regras podem ser ignoradas e, se for o caso, descartadas. O importante é que todos sejam sempre felizes. Afinal, somos todos modernos!

Seria belo, mas não é tão simples.

As relações humanas ainda estão carregadas de infelicidade. Quanto mais elas nos prendem, mais nos castigam ao se romper. São como anzóis. Isso não quer dizer que nada mudou nos últimos anos, com tudo que aprendemos. Sabemos que podemos e devemos ser mais livres. Temos obrigação de agir com generosidade. Não seremos o dono de quem nos ama e nem permitiremos que seja nosso carcereiro. Herdamos um compromisso com a luz e com a alegria. Somos, de várias maneiras, modernos. Mesmo assim, não será fácil quando alguém bater a porta e nos deixar ou quando nós tivermos de fazer isso. Não há discurso leve sobre o abandono. Na há *set list* que nos proteja da desilusão.

Afinal, a dor existe, e a fatalidade nos contempla.

O passado nos envolve com a força das repetições. Ele vive em nós, apesar de nós. O presente não é mais que uma bolha que surgiu no passado e vai explodir logo adiante, no futuro. Dentro dela, lutamos para ser melhor do que somos e fazer melhor do que fizeram antes de nós. Há beleza nisso, eu acho. Não a beleza fácil das soluções instantâneas, da moda, das mensagens de 140 toques que resumem (cacete!) toda a existência. Penso na beleza das grandes obras lentas, executadas por milhões de mãos, aquelas que, no decurso do tempo empurram o mundo para o lado da luz, para longe da dor, na direção suave da utopia. Penso em coisas mais difíceis e mais perenes.

Os modernos, de quem eu tanto gosto, talvez não tenham percebido, mas o passado não apenas mora em nós e é inevitável. Ele também é parte essencial do que desejamos do futuro.

POLIAMOR POLIAMOR PO-
LIAMOR POLIAMOR POLIA-
MOR POLIAMOR POLIAMOR

POLIAMOR

POLIAMOR PO-
LIAMOR POLIAMOR POLIA-
MOR POLIAMOR POLIAMOR
POLIAMOR POLIAMOR PO-
LIAMOR POLIAMOR POLIA-
MOR POLIAMOR POLIAMOR
POLIAMOR POLIAMOR PO-
LIAMOR POLIAMOR POLIA-
MOR POLIAMOR POLIAMOR
POLIAMOR POLIAMOR...

TEM ALGO AÍ ALÉM DE UMA VELHA TRANSGRESSÃO COM NOME NOVO?

Não conheço ninguém que se relacione de maneira permanente com mais de uma pessoa. Nem sei de alguém, próximo ou distante, que more com dois ou mais parceiros românticos ou sexuais. Isso que dizer que não conheço e jamais conheci alguém que pratique abertamente o poliamor. Como não sou o sujeito mais careta do mundo, e tampouco vivo cercado por conservadores, concluo que a prática não é assim tão popular, embora, a se julgar pela internet, seja a prática mais comum do mundo depois do namoro no colégio.

Para quem nunca ouviu falar, poliamor é uma relação amorosa consensual que envolve mais de um parceiro. Podem ser dois homens e uma mulher, pode ser o inverso, pode ser um grupo de mais pessoas. O essencial é que as partes mantenham relações íntimas e que isso — ao contrário da velha arte de enganar os outros — seja sabido, aceito e partilhado pelos envolvidos. A filosofia por trás da prática é ampliar o potencial humano para além do velho e possessivo amor romântico, aquele heroico, convencional, exclusivo, indissolúvel que nas fábulas ocidentais uniu Marco Antônio e Cleópatra, Romeu e Julieta, Tristão e Isolda. E que teria unido, também, papai e mamãe. Quem faz ou teoriza o poliamor acha que nós, como espécie, deveríamos superar o estágio do ciúme para melhor desfrutar de nossa sexualidade e de nossas múltiplas inclinações amorosas.

A psicanalista e escritora Regina Navarro, defensora pública da ideia, explicou uma vez numa entrevista: "Eu acho que o poliamor é uma tendência. Daqui a vinte anos, trinta anos, não é possível precisar quanto tempo, é muito possível que muito mais gente participe do poliamor, que consiste em amar várias pessoas e ser amado por várias pessoas. Na verdade, isso já acontece, mas as pessoas sofrem, porque não é aceito. Então elas sofrem, são obrigadas a escolher. Muita gente tem um momento da vida no qual está amando duas pessoas, mas é tomado pela culpa, é obrigado a decidir, gerando grande sofrimento. Em algum tempo, isso se tornará mais fácil".

Com todo o respeito aos teóricos e praticantes do poliamor, eu discordo. Acho que, em vinte ou trinta anos, ou mesmo em cinquenta anos, nós ainda seremos muito parecidos com o que somos hoje. Quando eu tinha 17 anos, na década de setenta do século passado, achava que o mundo estava mudando tão rapidamente que ficaria irreconhecível quando eu chegasse aos quarenta anos. Pois eu passei dos quarenta, ultrapassei os cinquenta, e o mundo ainda é mais ou menos como costumava ser. Sim, as pessoas fazem mais sexo e são mais livres. Mas continuam se casando na igreja, tendo filhos e pagando apartamentos em prestações. Os casais gays inclusive lutam pelo direito de fazer isso.

O amor romântico, assim como a família tradicional a que ele costuma dar origem, são muito arraigados em nossa forma de pensar. Não se trata apenas de uma imposição social ou jurídica. Um livro recente, *Mulher, estado e revolução*, da historiadora americana Wendy Goldman, conta como os revolucionários russos tentaram, na década de 1920, combater a "família burguesa" e libertar as mulheres das tarefas e da opressão doméstica. Por algum tempo, pareceu que daria certo, mas, na primeira reviravolta política, os instintos conservadores foram reavivados e as experiências de socialização das tarefas da família — assim como a defesa do amor livre — foram abandonados. A família socialista e revolucionária voltou a ser parecida com a família burguesa.

Faz quase cem anos que isso aconteceu, naturalmente. Mas, se olharmos em volta, perceberemos que, desde então, pouco mudou, exceto o peso econômico das mulheres, as novas liberdades sexuais antes do casamento e o reconhecimento da sexualidade gay. Há muita gente fazendo estrepolias por aí, mas as muitas formas de erotismo e de romance juvenis acabam canalizadas para dentro da monogamia e da família. Experimentações como o poliamor ainda são para minorias. Elas sempre existiram, aliás, mas nunca foram capazes de alterar a balança do comportamento geral.

Eu acho que existem razões para isso que vão além das pressões sociais. A monogamia, com todos os problemas, ainda expressa o que melhor podemos fazer por nós mesmos. Ela corresponde à livre associação de duas pessoas independentes, ditada por sentimentos e necessidades materiais. As regras que compõem esse arranjo podem ser muito rígidas — moramos juntos, eu não olho para mais ninguém, você não faz nada sem mim — ou podem ser flexíveis, para acolher outras demandas afetivas e sexuais. O importante é que pessoas se sintam, ao mesmo tempo, razoavelmente livres, amadas e protegidas. Mesmo quando aberta a outras pessoas e experiências, a combinação a dois fornece uma moldura afetiva na qual as pessoas florescem, prosperam, procriam e buscam ser felizes. Ela não tem de durar a vida inteira, claro. Quando acaba, sucede-se um período de total liberdade, que costuma ser encerrado pelo início de outro arranjo monogâmico. Sempre um de cada vez, como parece ser nossa contraditória inclinação.

Minha impressão é que os praticantes e teóricos do poliamor tentam resolver socialmente uma situação que é pessoalmente insolúvel. Nós sempre desejaremos mais de uma pessoa. Somos capazes de desejar dez delas por dia. Isso não significa que poderemos nos relacionar com todas, simultaneamente ou não. Nem significa que poderemos fazer sexo casual com muitas delas. Significa, na verdade, que nosso desejo tem de ser ignorado, reprimido e sublimado na maior parte do tempo, para que possamos fazer outras coisas além de sexo — coisas como trabalhar, criar, viajar e nos relacionar. Viver, enfim, da forma como entendemos na cultura ocidental, no início do século XXI. Há quem gostasse de sair por aí roubando mulheres com arco, flecha e borduna, à moda ianomâmi, mas não é a esses que me dirijo.

Acho, francamente, que escolher um parceiro e estabelecer com ele ou com ela uma forma consensual de relacionamento reflete maturidade. Cada vez que uma decisão dessas se aproxima somos obrigados a refletir e eleger apenas uma entre várias possibilidades existenciais. Os defensores do poliamor dizem que esse tipo de decisão, que leva à exclusão de alguém, nos provoca dor. Naturalmente que provoca. Mas tudo bem, não? A dor é nossa companheira inevitável desde o parto. Sem ela, sem superar a frustração de nossos desejos, ainda seríamos bebês sugando o peito da mãe, em estado permanente de felicidade. A dor de escolher alguém a outro alguém — e de ser preterido da mesma forma — é saudável. Ela nos dá dimensão da realidade, nos tira da ilusão de onipotência e nos impede de brincar com os sentimentos dos outros. De vez em quando, a vida nos diz não categoricamente, e é bom que seja assim. O mundo não precisa de mais bebês que recusam ser desmamados.

Há também a questão do ciúme.

Quem defende o poliamor acredita que ele ajuda a superar o sentimento de posse que tão profundamente nos machuca e prejudica nossas relações. Acho a ideia bonita, mas, ao mesmo tempo, um tanto ilusória. Posso aceitar que fulana se divida entre mim e sicrano, mas como vou me sentir se ela se encantar por beltrano e resolver largar nós dois? O medo de perder não desaparece quando se põe mais gente na cama. Quem quiser combater o ciúme pode fazer isso eficazmente no interior de uma relação a dois. Basta combinar com a outra parte que, de agora em diante, todo mundo tem liberdade. Mas, para fazer isso, é preciso ter coragem para permitir que o outro caia no mundo, longe de nossos olhos e de nosso controle — algo que os poliamorosos, ainda que pareçam generosos, talvez não estejam dispostos a fazer. Afinal, juntar um monte de gente numa relação pode ser apenas outra forma de controlar todas elas.

ESTÁ DIFICÍL ENCONTRAR
ALGUÉM? ESTÁ DIFÍCIL EN-
CONTRAR ALGUÉM? ESTÁ
DIFÍCIL ENCONTRAR AL-
GUÉM? ESTÁ DIFÍCIL EN-
CONTRAR ALGUÉM? **ESTÁ**
DIFÍCIL ENCONTRAR AL-
GUÉM? ESTÁ DIFÍCIL EN-
CONTRAR ALGUÉM? ESTÁ
DIFÍCIL ENCONTRAR AL-
GUÉM? ESTÁ DIFÍCIL EN-
CONTRAR ALGUÉM? ESTÁ
DIFÍCIL ENCONTRAR...

TALVEZ VOCÊ DEVESSE PROCURAR EM OUTRO LUGAR — OU DE OUTRO JEITO.

Recebi ontem o e-mail de uma amiga que começou a namorar nas manifestações de São Paulo. Ela, branquinha e agitada. Ele, negro e sereno. Os dois não se conheciam até se cruzarem na porta do Teatro Municipal, como parte da mesma turma ampliada de amigos. Marcharam juntos, correram da polícia e acabaram na sala de um conhecido comum, celebrando com vinho a própria coragem. "Aí ele veio com tudo, e eu adorei", ela escreveu.

Em oposição a essa história feliz, li, na *Folha de S. Paulo*, uma reportagem meio triste sobre mulheres paulistanas que não acham homens para relacionamentos sérios. Elas caem na balada, vão aos bares, frequentam a Vila Madalena, mas não encontram quem queira algum tipo de compromisso. Dizem que na noite só há *playboys* babacas ou caras interessados em fazer uma farrinha. Namorados em potencial não existem.

A diferença entre a história de minha amiga e a das moças que se queixam na *Folha* me parece estar na palavra "afinidade".

Minha amiga saiu com um grupo de amigos e foi a uma manifestação que tinha por objetivo protestar contra a violência policial. A chance estatística de esbarrar numa alma gêmea nessa circunstância é maior que numa pista de dança no Itaim. Na manifestação, as pessoas compartilham valores e estão ligadas, ao menos momentaneamente, por sentimentos em comum. Na balada, o lance é outro: depois de beber e dançar, a maior parte dos seres humanos está biologicamente inclinada a fazer sexo, não a procurar um grande amor.

Podemos dizer que, na passeata, entre amigos, a seleção é feita por atração e afinidades, enquanto na noite, depois de três cervejas, os critérios são atração e disponibilidade. Afinidades têm o potencial de ligar as pessoas de maneira duradoura, enquanto a disponibilidade ajuda a fazer ligações diretas. Não há nada de errado — ou intrinsecamente certo — em nenhuma das duas, mas elas raramente conduzem ao mesmo tipo de resultado.

Outra coisa a se levar em conta é que estamos vivendo no Brasil aquilo que eu chamaria de um período especial. Os ânimos estão exaltados, e as opiniões, radicalizadas. Nessa atmosfera, o que as pessoas pensam pesa ainda mais. Afinidade torna-se essencial. Você e eu somos capazes de tolerar gente com opiniões radicalmente diferentes das nossas, desde que elas mantenham alguma distância física. Mas, em nossa sala, em nossa cozinha, em nossa cama, não dá. De quem beija nossa boca tendemos a exigir um grau elevado de cumplicidade.

Se, depois de meia hora dançando, o bonitão da Vila Olímpia defender a repressão policial contra manifestantes ou a necessidade de bater em gays, você tem o direito constitucional de sair correndo e pedir um táxi.

Por isso, eu acho feliz a forma como minha amiga encontrou o namorado. Num mundo cercado de incertezas, não há filtro melhor do que os amigos dos amigos. Redes humanas garantem procedência, produzem informação qualificada e funcionam como selo de qualidade. Evitam que a gente se envolva com entidades desconhecidas ou totalmente dissonantes. Uma simples olhada nos amigos conta uma enormidade sobre quem a pessoa é, o que ela faz e o que pensa. Isso não garante o futuro, mas oferece a chance de um bom começo.

Culturas tradicionais, como a indiana, tentam organizar os encontros amorosos. Elas acreditam que as relações duradouras são importantes demais para serem deixadas ao acaso. Assim, as redes familiares participam ativamente nos arranjos de casamento, tentando garantir a compatibilidade de interesses e personalidade. Além de renda, claro.

Nós não sabemos e não queremos mais fazer as coisas assim. Nosso anseio por autonomia tornou impossível delegar a qualquer grupo ou instituição a responsabilidade por nossa vida sentimental. Somos românticos, somos responsáveis por nós mesmos. Não há volta quanto a isso, e nem deveria. Mas talvez pudéssemos rever nossos critérios de busca. Se você não encontra um cara ou uma mulher legal na balada, tente um lugar onde possa fazer novos amigos. Você pode não achar o grande amor entre eles, mas é provável que evite outra roubada.

SURRA DE CAMA SURRA
DE CAMA SURRA DE CAMA
SURRA DE CAMA SURRA
DE CAMA SURRA DE CAMA
SURRA DE CAMA **SURRA**
DE CAMA SURRA DE CAMA
SURRA DE CAMA SURRA
DE CAMA SURRA DE CAMA
SURRA DE CAMA SURRA
DE CAMA SURRA DE CAMA
SURRA DE CAMA SURRA
DE CAMA SURRA DE CAMA
SURRA DE CAMA SURRA

QUEM DISSE QUE AS MULHERES GOSTAM?

Foi uma moça americana quem me disse, no meio de uma festa, que os homens brasileiros tinham mania de transar demorado. Em vez de fazer sexo de um jeito gostoso e rápido — o que ela considerava ideal —, seu namorado brasileiro não parava enquanto ela não estivesse exausta e irritada. "Numa noite especial, de vez em quando, tudo bem", ela me disse, cheia de impaciência. "Mas toda hora... Eu não sou maratonista."

Para que fique claro, ela não se queixava de longas e minuciosas preliminares. Reclamava do tempo excessivo de penetração, que ela considerava apenas uma exibição de vigor da parte dele. Ao final da festa, todo mundo bêbado, ela ainda voltou ao assunto e me perguntou se os brasileiros eram todos assim, exibicionistas. Constrangido e ofendido nos brios nacionais, eu respondi, encerrando a conversa, que não fazia a menor ideia.

Esse diálogo ocorreu faz tempo. Na hora, eu achei, com alguma razão, que era conversa de gringa, choque cultural e tal, mas o comentário ficou gravado. Desde então, toda vez que um amigo se gaba — como os homens fatalmente fazem — de ter dado "uma surra de cama" numa garota, dentro de mim uma voz sarcástica pergunta: "E ela, gostou?"

Antes de prosseguir, uma informação em benefício das mulheres: os homens são terrivelmente solitários quando se trata de sexo. Embora gastem um tempo enorme falando do assunto, eles não trocam informações verdadeiras. Enquanto as mulheres conversam sobre suas dificuldades, os homens relatam ao bando apenas seus triunfos, reais ou imaginários. O resultado é que existem dois mundos opostos na cabeça masculina, quando se trata de sexo. Um é feito de performances medianas, vexames e glória eventual. É o mundo da experiência verdadeira, íntima. O outro mundo, repleto de conquistas épicas e ereções olímpicas, é o do relato mitológico dos outros. Qual é a realidade coletiva? Não faço ideia. Sei que na cama, como diria Fernando Pessoa, somos todos príncipes.

Quem salva os homens da completa desinformação em relação ao sexo são as mulheres. Elas nos relatam, em geral de forma indireta, o que acontece na intimidade delas e dos outros homens. Como não estão comprometidas em contar vantagem, nem preocupadas em destruir reputações (exceto em uma ou outra ocasião...), vêm delas bons relatos e opiniões menos apaixonadas. Por isso decidi, na semana passada, esclarecer diretamente com elas a história das transas demoradas: afinal, isso é bom para elas ou não é?

Minha pequena amostra, colhida entre mulheres de idades e situações conjugais distintas, sugere que o empenho dos homens em esticar aquele momento ao máximo pode ser inútil.

Várias mulheres dizem detestar sexo prolongado: "Enquanto o cara está lá, se achando o máximo, eu fico pensando, 'Meu Deus, acaba logo com isso'." Outras dizem gostar apenas de preliminares demoradas: "Elas são importantes e deliciosas." Poucas afirmam gostar de "trepadas quilométricas", com recordes de penetração. "No começo de um relacionamento ou empolgada com um flerte, é legal", me disse uma. Mesmo quem gosta muito, faz ressalvas: "Tem de ter intensidade, sentimento. Não pode ser uma coisa mecânica."

É quase unânime a opinião entre as mulheres que os homens estão se empenhando exageradamente por desinformação. "Acho que teve tanto *marketing* nas revistas femininas para combater a ejaculação precoce que a história virou para o outro lado", me escreveu uma amiga. "Hoje, os caras vão para a cama como quem vai para um teste de resistência." Ela me disse que a tendência é tão forte que as garotas começam a regular sexo por achar que o parceiro está esperando uma maratona — e elas não se sentem fisicamente preparadas.

Outra coisa que fica nítida nessas conversas é o apego das mulheres por experiências emocionais durante o sexo, não somente físicas. Homens que não gozam privam a parceira de uma sensação importante de satisfação. Aqueles que gozam e depois se dedicam ao orgasmo dela ganham pontos na categoria da solidariedade erótica. Quem consegue gozar ao mesmo tempo em que elas leva para casa um troféu de enorme valor por sintonia. Sentimentos, rapaz, sentimentos...

Claro, essas coisas variam de casal para casal. Quem gosta de um jeito com fulano pode gostar de outro com sicrano. É preciso explorar as possibilidades, no limite do temperamento de cada um. As regras são flexíveis, mas existe uma coisa chamada personalidade sexual. Alguns curtem sexo intensamente e são capazes de transar por horas. Outros gostam ainda mais, mas concentram seu prazer em espasmos curtos. Há os que se interessam menos pelo assunto.

Sexo, afinal, é diversidade, como tudo na vida. Muitos adoram correr, tantos detestam. Uns têm enorme capacidade de concentração, outros se distraem com facilidade. Há pessoas gulosas e aquelas naturalmente comedidas. Se as pessoas são diferentes em tudo, não é de esperar que se comportem da mesma forma na cama — a não ser que estejam tentando imitar um padrão, o que constitui enorme besteira. Um dos segredos bem conhecidos do sexo feliz é a necessidade de descobrir o próprio jeito de ter prazer. Mas isso leva tempo e implica, necessariamente, pôr de lado estereótipos e modelos.

Para os homens não é fácil. Desde que a gente é garoto, tem sempre um sabichão disposto a explicar do que as mulheres realmente gostam. Essas conversas prematuras e desinformadas, que envolvem quantidades imensuráveis de mentiras, tendem a encher nossa cabeça de lixo. Demora a livrar-se delas e descobrir, na prática do sexo, no afeto das relações, o que é bom e ruim, para nós e para elas. Na verdade, é um trabalho para a vida inteira.

Da minha parte, gosto de pensar em sexo como um trem em movimento. O orgasmo é uma estação onde todo mundo quer descer, de preferência juntos. Nem sempre dá. Em geral nós, homens, desembarcamos primeiro e temos de esperar, cheios de dedos, pelo vagão da mulher, que vem lá atrás. Com a prática e as preliminares, a ordem se inverte: ela desce do trem primeiro, depois nos ajuda com nossa bagagem. De um jeito ou de outro, o tempo da viagem é menos importante que chegar ao destino. Quando os dois estão na plataforma, felizes, pode-se fazer qualquer outra coisa: passear, ler, dormir, comer. O trem do sexo, afinal, vai estar lá à nossa espera, toda vez que quisermos viajar.

AMORES CLANDESTINOS
AMORES CLANDESTINOS
AMORES CLANDESTINOS
AMORES CLANDESTINOS
AMORES CLANDESTINOS
AMORES CLANDESTINOS
AMORES CLANDESTINOS
AMORES CLANDESTINOS

AMORES CLANDESTINOS

AMORES CLANDESTINOS
AMORES CLANDESTINOS
AMORES CLANDESTINOS
AMORES CLANDESTINOS

POR QUE HOMENS E MULHERES LIDAM COM ISSO DE FORMA TÃO DIFERENTE?

Tenho uma amiga que virou a outra. Eu a encontrei no fim de semana, depois de um longo tempo, e ela imediatamente começou a falar sobre o que a afligia: faz um ano, está saindo com um homem casado, que a faz sofrer como o diabo. "Estou cansada de acordar chorando", ela me disse, logo de cara.

Os contornos do caso são clássicos. Os dois fizeram faculdade juntos e se encontraram no trabalho, dez anos depois. Ela estava carente e resolveu ceder às cantadas dele, apesar da aliança no dedo. "Queria uma transa gostosa, uma aventura", me disse. Acabou não sendo assim. As saídas foram se repetindo, ela se percebeu apaixonada e o sujeito, que antes a cobria de atenções, agora só aparece "quando quer". "Não tenho a menor ilusão de que ele vá largar a mulher", ela me disse. "Nem tenho coragem de mandá-lo embora."

Antes que alguém pergunte, eu não vou julgar nenhum dos dois. O que a amiga e o sujeito fazem é da conta deles. Gente casada, de acordo com o costume vigente, não deveria manter casos, mas acontece o tempo todo. Gente solteira, em tese, não deveria sair com pessoas casadas, mas isso existe aos montes. Não é culpa dele ou dela, especificamente. Ninguém tampouco é inocente. Todos são adultos com poder de escolha, embora movidos pelo desejo. O desejo mantém as pessoas vivas, mas tem suas exigências. Solto, pode causar um bem íntimo enorme, ou um dano público extraordinário. Se o amante da amiga for descoberto, a vida dele viraria um inferno. Se a esposa enganada souber vai sofrer terrivelmente. E há os filhos... A punição social para quem viola as normas de conduta pode ser pesada.

Minha amiga, porém, não parece preocupada com as consequências do caso, mas com a continuidade. Ela gostaria de que o sujeito estivesse com ela no domingo de manhã. Como não é possível recuperar o arrebatamento e a atenção do início da relação — afinal, mesmo os amores clandestinos arrefecem —, ela quer ao menos a companhia constante do sujeito. Gostaria de conversar, brigar, ver televisão, ir ao cinema na noite de sexta, transar na manhã de sábado. Quer fazer coisas de marido e mulher, de namorada. Deseja algum status público. O problema é que o rapaz já tem esposa. Não pode, e provavelmente não quer ter outra. Ele está deixando claro que deseja uma amante. A minha amiga vai ter de entender.

Se ela fosse homem, seria mais fácil. Homens ficam mais confortáveis na posição de "outro". Casados ou solteiros, desfrutam a clandestinidade e respeitam as limitações sem queixas. Nunca — eu repito, nunca — ouvi um sujeito reclamando da impossibilidade de encontrar a amante na noite de sexta-feira. Ou do sofrimento de acordar sozinho no domingo. Para os homens, cada coisa é uma coisa. Se a mulher é casada, se encontram quando é possível. Se ele é o casado, vale a mesma cautela. Com emoção, com taquicardia, mas sem drama.

Posso estar cercado de machos insensíveis ou hipócritas, mas duvido. Também não me parece que os homens tenham menos necessidade de afeto do que as mulheres. Um sujeito casado que se dá ao trabalho de arrumar amante fixa é faminto de amor, não indiferente a ele. Um homem solteiro que corre o risco de sair com uma mulher casada, quando há no mundo tantas mulheres disponíveis, é um romântico, ainda que não saiba. Logo, me parece que a diferença não está na afetividade.

Quando o assunto é amantes, o que distingue os homens das mulheres, em geral, é que elas parecem ver a situação como transitória. Elas acreditam que o homem está amante, encubando um futuro marido ou namorado. Os homens, enquanto isso, parecem ver na amante uma forma pronta, satisfatória tal como ela é. O sujeito que tem uma amante parece tranquilo com a situação.

A mulher também começa feliz, como minha amiga, mas logo se inquieta. Fica apaixonada ou, de forma mais mesquinha, sente-se preterida ou humilhada com a situação. No fim, pressiona por mudanças. Se for casada, é capaz de cobrar que o sujeito proponha algo mais sério, mesmo que seja para dizer não, alarmadíssima. Essa diferença de expectativas não impede que relações clandestinas se estendam por anos, mas cria, no interior delas, dois tipos de pessoas: homens satisfeitos e mulheres tristes ou ressentidas.

Talvez as mulheres nessa situação devessem aprender alguma coisa com os homens. Eles relaxam e desfrutam da clandestinidade. Vivem o momento que se apresenta. Não é um jeito ruim de lidar com situações precárias, furtivas e provavelmente transitórias. Gostosas, ademais. Não podemos perder de vista que essas relações começam invariavelmente por causa de sexo. Se elas continuassem e terminassem assim, com sexo, qual seria o problema?

A grande pergunta, claro, é por que gente adulta se mete em situações com as quais não consegue lidar — e por que não caem fora quando se percebem incomodadas ou infelizes.

Eu não sei, e acho difícil que alguém consiga entender sem conversar longamente com os envolvidos. Cada caso é um caso, cada casal é um casal, embora coletivamente o final seja estatisticamente previsível: posto contra a parede, o homem casado choraminga e volta para o seio da família. Ou a mulher casada, mesmo sem ser pressionada, decide que é hora de acabar com a aventura que pode destruir seu casamento. Há exceções a essa regra — todo mundo conhece pelo menos uma —, mas eu duvido que as estatísticas sejam animadoras para as mulheres que pretendem converter o amante de hoje em marido de amanhã. Em geral, garotas, ele não está interessado.

MAS NÃO ROLA ELE É
FOFO, MAS NÃO ROLA ELE
É FOFO, MAS NÃO ROLA
ELE É FOFO, MAS NÃO
ROLA ELE É FOFO, MAS
NÃO ROLA ELE É FOFO,
MAS NÃO ROLA ELE É
FOFO, MAS NÃO ROLA ELE
É FOFO, MAS NÃO ROLA
ELE É FOFO, MAS NÃO
ROLA ELE É FOFO, MAS
NÃO ROLA ELE É FOFO,
MAS NÃO ROLA ELE É...

AS MULHERES CONFUNDEM FOFURA COM FRAQUEZA, MAS NÃO É O CASO

Faz algum tempo que eu não ouvia essa frase terrível, mas ela reapareceu no meio de uma conversa telefônica. Pergunto a uma amiga como vai o namoro dela e vem a resposta, despreocupada: "Acabou. Ele é fofo, mas não rola." Não perguntei detalhes, e ela não ofereceu, mas, na minha cabeça, formou-se, nitidamente, a imagem de um jovem sorridente, com cara de bobo, sendo ignorado por minha amiga entediada. Um fofo, mas não rola.

É por causa de julgamentos como esse que muitos homens acham que é bom agir mal com as mulheres. Elas não gostam dos caras doces, dizem. Quanto mais legal você for, mais você se ferra. Não adianta ser gentil e amoroso, porque não é isso que elas procuram. A cultura do vestiário masculino ensina que mulher gosta de homem que a trate mal, ou, pelo menos, que a deixe confusa e expectante. Um cara atencioso e dedicado, que exiba sentimentos por ela, é um fofo. Mas com ele não rola.

O que vocês acham dessa conversa? Eu acho um mar de equívocos, de lado a lado.

Primeiro, acho que as mulheres confundem homem fofo com homem bundão e indeciso, sem opinião e sem atitude. Mas fofo, tal como eu entendo, não é isso. Fofo é o cara que prepara o café da manhã, que telefona para dizer que adorou a noite, que compra entradas para o show que a namorada gosta com um mês de antecedência. O fofo faz comidinhas, escreve poesia, chora na parte triste do filme. Mesmo quando discorda de você, quando você fez algo de que ele não gosta, ele tenta ser gentil ao explicar o problema. O fofo não gosta de briga — nem com você, nem com o garçom, nem com o cara que fechou o carro dele. Ele é afável de temperamento, um cara doce, talvez um pouco carente. Mas não é um bundão.

Bundão é o cara que mal consegue cuidar de si mesmo, e por isso trata as mulheres da vida dele como se fossem a segunda mãe. Os bundões não propõem nada, porque esperam que alguém tenha ideias e iniciativa por eles. Eles não têm opinião, não assumem responsabilidade e não fazem planos para hoje à noite, nem para o fim de ano, nem para o resto da década. Pensar e tomar iniciativa exige demais deles. Como se sente fraco, sem muito que oferecer, o bundão vive com ar de quem pede desculpas — pelo pau que não subiu, pelo fim de semana que foi chato, pela falta de grana, de ideias, de empolgação e de atitude. As gentilezas, no caso dele, sempre parecem exageradas, porque são tentativas de compensar suas insuficiências. O bundão pode ser fofo de vez em quando, mas não é isso que o define.

Minha impressão é que homens e mulheres confundem esses dois personagens inconfundíveis.

Os homens não querem parecer bundões, mas tomam atitudes que evitam que pareçam fofos. Agem de forma rude em relação às mulheres, escondem seus sentimentos, não praticam as pequenas gentilezas que fazem tão bem ao relacionamento. Tentam parecer desapegados em relação a elas, porque acham que demonstrar carinho os enfraquece. Mas isso tudo é uma bobagem, não?

O cara pode ser atencioso com a mulher e cobri-la de pequenos cuidados e gentilezas. Elas gostam. Pode tratá-la com carinho, dentro e fora da cama. Elas curtem. Não há nada de errado em se mostrar sensível nos filmes, nas conversas, nas situações emocionais. As mulheres adoram essas fofuras. Elas não diminuem a pegada de ninguém. O que não querem é um sujeito inseguro, indeciso, que pareça precisar dela para cuidar e decidir tudo. As mulheres detestam a sensação de que são mães dos homens com que se deitam. Elas não toleram bundões, mas curtem fofos — embora, às vezes, também costumem confundir um com o outro.

Ao conversar com uma mulher que dispensou um "fofo", é muito comum descobrir que ela, na verdade, botou para andar um "bundão" — que se escondia por trás de atitudes fofas. Era supercarinhoso, mas incapaz de decidir qualquer coisa que envolvesse os dois. Bundão. Não parava de dizer que adorava ela, mas não conseguia tomar uma iniciativa para arrebatá-la. Bundão. O sexo era gostosinho, mas o sujeito parecia estar pedindo desculpas ao pegar no corpo dela. Bundão. Depois de um tempo nessa dieta sem calorias, a mulher perde a paciência para as coisas bacanas que o cara faz — as músicas que ele grava, o café que ele prepara, os carinhos sexuais que ele oferece sem pressa. Quer dizer: o cara perde o posto não por ser fofo, mas apesar de ser fofo. A fofice dele era a parte boa.

Acho que essa avaliação vale para qualquer mulher, desde que não seja machista. Se ela precisar de um cara que cuide, proteja, domine e intimide, talvez um fofo não sirva. Talvez seja o caso de procurar alguém com repertório mais tradicional. Está cheio deles por aí. Rude, em vez de fofo. Dominador, em vez de fofo. Distante, em vez de fofo. É uma questão de escolha e de inclinação pessoal. A gente não responde inteiramente pelo que nos provoca desejo e conexão emocional. Os fofos, de certa maneira, podem ser parecidos demais com as próprias mulheres para o gosto de algumas delas. Eu entendo, mas minhas simpatias se inclinam pelos fofos. Acho que o mundo está mudando na direção deles. Assim como as mulheres no século XXI podem exibir a palheta completa de seu temperamento — em vez de serem apenas mulherezinhas mimimi —, também os homens ganharam espaço para serem mais do que machos. Eles podem ser gentis, sensíveis, amorosos, até um pouco carentes. Fofos, enfim, daquele tipo que rola.

O LIVRO ABERTO O LIVRO
ABERTO O LIVRO ABERTO
O LIVRO ABERTO **O LIVRO**
ABERTO O LIVRO ABERTO
O LIVRO ABERTO O LIVRO
ABERTO O LIVRO ABERTO
O LIVRO ABERTO O LIVRO
ABERTO O LIVRO ABERTO
O LIVRO ABERTO O LIVRO
ABERTO O LIVRO ABERTO
O LIVRO ABERTO O LIVRO
ABERTO O LIVRO ABERTO
O LIVRO ABERTO O LIVRO

QUANTO SE PODE CONTAR DE NOSSA VIDA SEM BANALIZÁ-LA?

O Brasil não é um país de gente reservada. Pelo contrário, adoramos falar de nós mesmos e de nossa vida. Dividimos quase sem limites o que acontece em nossa casa, em nossa família e em nossa relação. Se nos derem uma chance e um pouco de incentivo, contamos até o que se passa em nossa cama. A volúpia de falar sobre nós mesmos é tão intensa que nos embriaga. Dividimos tudo — depois sofremos vergonha, culpa e ressaca. Como bêbados.

Tenho impressão de que a compulsão de tagarelar sobre nós mesmos e sobre nossos sentimentos põe em risco nossas relações mais importantes. Manter constantemente aberto o livro de nossa vida pode contribuir para um final infeliz.

Não é difícil entender o que nos move na ânsia de partilhar nossa intimidade. Falar sobre nós mesmos, afinal, nos faz sentir terrivelmente importantes. Constitui um prazer em si mesmo. Ter alguém nos ouvindo ratifica a importância de nossa pessoa e de nossa existência, fornece um público para a narrativa de nossa vida. Em silêncio, corremos o risco de nos sentir frágeis e insignificantes. Ao falar de nós mesmos, essa sensação desaparece. Sentimos que somos importantes – e não apenas isso.

Há um óbvio componente de sedução no ato de falar sobre nós a alguém. Tanto é assim que escolhemos a audiência. Falamos de nós, sobretudo, a quem nos interessa. Contar, afinal, é colocar-se sob uma luz favorável e dividir imagens de si mesmo que enaltecem. O próprio ato de relatar nossa intimidade para alguém externo a ela contém um elemento de alcova. Equivale a inserir o outro num espaço subjetivo onde só cabem duas pessoas. Ali, partilham-se sensações e sentimentos de natureza íntima. Ao trazer alguém de fora para esse ambiente, os casados e compromissados cometem uma sutil, mas perceptível, traição. Há erotismo nisso.

Alguma sociabilização da intimidade é inevitável. Não se pode passar a vida trancafiado em si mesmo ou dividindo sentimentos com apenas uma pessoa, o namorado ou a mulher. Isso sobrecarrega o parceiro e a relação. Além do mais, parte importante dos conflitos pessoais surge no interior dos casais, mas precisa ser dividida com gente de fora. Fazemos isso diariamente, com piadas ou comentários genéricos (geralmente sarcásticos) sobre a vida a dois. É nossa forma de aliviar a pressão e manter a sanidade. Quando é inevitável falar mais, alguns têm a sorte de contar com confidentes discretos e leais com quem podem dividir amarguras e vitórias cotidianas. Outros terão de emprestar os ouvidos de pessoas de passagem, correndo o risco de expor a si mesmo e ao parceiro.

O que não deveria acontecer é as pessoas passarem a vida fofocando sobre elas mesmas e suas relações amorosas. Essa revelação contínua de si mesmo banaliza a vida e os sentimentos. Inclusive os sentimentos alheios, que são postos na roda com a maior naturalidade, como se não valessem nada. A frase vai soar moralista, mas quem não guarda nada não tem nada. Se todas as sensações são divididas na mesa do bar – ou partilhadas no refeitório do trabalho –, o que fica para ser compartido a dois? O que resta para ser elaborado na quietude de si mesmo, onde são processadas (ou deveriam fermentar, discretamente) as experiências pessoais que fazem de nós o que somos?

Talvez seja preconceito, mas tenho a impressão de que certas coisas perdem um pouco de seu valor emocional cada vez que são contadas. Com o tempo, mesmo a mais vívida das experiências torna-se gasta e pueril, pela repetição. Guardados na memória, um desentendimento triste numa tarde de chuva ou uma cena de amor com a lua brilhando na janela são como joias: pequenos segredos cintilantes que nos ligam a uma única pessoa e dão à nossa vida, e à dela, uma dimensão essencial de riqueza interior. Expostas impiedosamente aos ouvidos e ao julgamento alheio, esses pedaços valiosos de experiência humana tornam-se distração e frivolidade. Viram pó.

Soa estranho dizer isso na época das redes sociais e da propaganda pessoal incessante, mas há grandeza no silêncio. Ele permite crescer para dentro. Mesmo quando nos pesa um pouco, ou mesmo muito, nos fortalece de alguma forma.

Há uma dimensão essencial de solidão na experiência humana que não deveria ser evitada. Somos gregários, precisamos do bando, mas, ao mesmo tempo, um pedaço importante de nós floresce apenas no afastamento e na reflexão. Falar e contar podem ser formas de entender a nós mesmos, e frequentemente são. Mas podem também, com frequência ainda maior, nos dar somente uma ilusão de cumplicidade e aceitação.

No longo prazo, talvez seja melhor reconciliar-se com o fato de que nem tudo pode ser dividido. Talvez seja melhor entender, profundamente, que os outros nunca compreenderão como somos belos por dentro, e quão relevante tem sido nossa vida. Que nós mesmos saibamos já significa muito. Talvez seja a única coisa que realmente importa.

O EX-BABACA

UM DIA VOCÊ DESCOBRE, FELIZ, QUE TEM SIMPATIA PELOS CASAIS GAYS.

O mundo como era antes está encolhendo. Onde eu vivo, você levanta de manhã, vai à padaria, e dois garotos trocam um selinho no balcão à frente, às oito horas da manhã. Ou você vai à festa de aniversário de uma amiga e ela apresenta a todos a namorada dela. Não é mais uma tremenda exceção.

Diante dessas novidades, que estão por toda parte, nós somos convidados a escolher diariamente. Podemos rejeitar como coisa imoral ou anormal, ou podemos aceitar e abraçar, como parte de uma existência mais livre para todos.

Não se trata de uma escolha trivial.

Rejeitar casais gays significa recusar alternativas às formas de relacionamento tradicionais. Isso quer dizer que a maioria das pessoas poderá viver seus amores e suas paixões à luz do dia, nas ruas, diante da família e dos amigos, e que um grupo menor — mas, ainda assim, enorme de pessoas — terá de manter relações clandestinas, como se fossem criminosas, sujeitas a riscos e tristezas de uma existência invisível, à margem da sociedade.

No fundo, temos de decidir, intimamente, se as pessoas que sentem diferente de nós têm direito a serem felizes como nós. O mundo a nosso redor já tomou essa decisão faz algum tempo, na forma de leis e costumes cada vez mais liberais, que permitem às pessoas viverem como quiserem. Mas isso não muda o fato de que cada um de nós tem de decidir, sozinho ou sozinha, como se sente diante dessa nova realidade.

Ontem, ao pensar sobre isso, me lembrei do Nelson Rodrigues.

Ele escreveu, provavelmente no final dos anos 1960, uma crônica famosa sobre escolhas morais. Chama-se "O ex-covarde". Nela, denuncia a pressão intelectual dos grupos de esquerda que, naquela época de resistência ao golpe militar, eram muito influentes entre os jovens e os intelectuais. Nelson esbraveja por seu direito de ser reacionário e anticomunista, de pensar contra a maré. Diz que aos cinquenta e tantos anos, depois de muito sofrer, perdeu o medo dos jovens e dos comunistas. Por isso pode mandá-los às favas, porque é um ex-covarde.

Ao reler esse texto famoso, ontem à noite, eu me senti, por analogia, um ex-babaca.

Aos 53 anos, me sinto, finalmente, parte do movimento que abraça a mudança. Os jovens gays me provocam simpatia equivalente à antipatia de Nelson pelos jovens comunistas. As opiniões e o comportamento se movem numa direção que eu, de modo geral, aprovo. Vão ficando para trás as barreiras emocionais que me impediam de conviver com naturalidade com casais de mulheres ou de homens. As escolhas sexuais ou afetivas dos outros não mais me incomodam, ao menos de uma forma que eu perceba. Por isso é possível respeitá-las. Acho essa uma grande conquista pessoal, e por isso me sinto um ex-babaca.

Ao contrário de mim, muita gente continua carregando sentimentos dúbios sobre as relações homossexuais. Elas não se sentem à vontade para criticar abertamente, mas, quando têm a chance, emitem opiniões negativas sobre o assunto.

Outro dia, fiz na *ÉPOCA* uma reportagem com Daniela Mercury e a mulher dela, Malu Verçosa, e fiquei espantado com os comentários que as pessoas deixaram no site. De nove comentários, apenas um era positivo. Não havia nada grosseiro ou agressivo, mas o tom geral era de ironia e condescendência. "Cada um em seu quadrado, só não venham dizer que é normal", dizia um deles. Se não é normal duas mulheres se gostarem seria o quê, doença?

Nelson Rodrigues morreu em 1980, aos 68 anos. Se ainda estivesse vivo, talvez produzisse textos virulentos (e tremendamente bem escritos) contra os casais homossexuais, notórios e anônimos. Ele era, afinal, um conservador brilhante — que estaria errado.

Uma coisa é opor-se a ideologias políticas que têm o poder de interferir na vida pública, como o socialismo ou neoliberalismo. Outra coisa é atacar as escolhas privadas das pessoas. Se elas vão se casar com homens ou com mulheres, é problema delas. Essa é uma medida universal de civilidade. Quem se insurge contra o "politicamente correto", achando que tem direito de dizer o que quer sobre a vida dos outros, em geral exibe seus preconceitos. O mundo com sete bilhões de seres humanos precisa de ideias melhores. Tolerância. Compreensão. Empatia. Com elas, é possível dar bom-dia aos rapazes que namoram na padaria sem se sentir agredido. Ou abraçar, contente, a amiga que comemora seu aniversário com a namorada. O melhor jeito de ser feliz é permitindo que os outros também sejam.

PROMESSAS NÃO SÃO PARA SEMPRE PROMESSAS NÃO SÃO PARA SEMPRE PRO-MESSAS NÃO SÃO PARA SEMPRE **PROMESSAS NÃO SÃO PARA SEMPRE** PRO-MESSAS NÃO SÃO PARA SEMPRE PROMESSAS NÃO SÃO PARA SEMPRE PRO-MESSAS NÃO SÃO PARA SEMPRE PROMESSAS NÃO SÃO PARA SEMPRE PRO-MESSAS NÃO SÃO PARA...

NINGUÉM PODE GARANTIR OS SENTIMENTOS FUTUROS, MAS ADORAMOS PENSAR QUE CONOSCO SERÁ DIFERENTE.

Gente apaixonada diz coisas que não devia. Promete amar para sempre, diz que vai cuidar, jura que fará feliz. Garante, abraçando apertado, falando no ouvido, que nunca vai deixar, que nunca vai abandonar e — maior de todas as mentiras — que nunca vai machucar. Gente apaixonada faz promessas, e outras pessoas igualmente apaixonadas acreditam. Mas nem uma nem outra deveriam.

Os rumos da vida e dos sentimentos humanos são imprevisíveis. Às vezes, num exercício necessário de modéstia, tento lembrar as promessas de amor que descumpri. Foram muitas, de enorme importância, algumas documentadas em cartório. Na hora de fazê-las, pareciam naturais e quase inevitáveis. Meses depois, anos depois, elas se tornavam simplesmente incompreensíveis.

Acho que dentro de nós os sentimentos se movem em direções distintas. Um rio oferece a intensidade do momento: o beijo na boca, a urgência do corpo, a descoberta da nudez perfeita e imperfeita do outro. Na direção oposta, uma corrente diferente tenta reter o momento que se esvai, busca eternizá-lo. É como se soubéssemos (e talvez saibamos) que o êxtase é transitório e que a festa não dura. Com o intuito de guardar e proteger, com a intenção de eternizar, fazemos poesia, compomos música e celebramos a paixão com promessas impossíveis. Com elas também disfarçamos o medo de perder — e tentamos, desesperadamente, acorrentar o outro com palavras. Assim somos.

Mas essa é quase sempre uma luta perdida. Não há nada mais instável que os sentimentos humanos. Durante um único dia, eles oscilam violentamente entre a paixão desesperada e o desprezo exasperante. A mesma pessoa que, pela manhã, inspira o carinho mais intenso, pode nos deixar, à noite, imersos em raiva e frustração. O amor que atravessa o tempo e supera os anos tem algo de heroico. Ele vence nossa natureza intolerante e oferece a outra face, repetidas vezes, para aquele que escolhemos acolher e tolerar — em troca, necessariamente, de sermos acolhidos e tolerados em nossas enormes imperfeições.

É impossível prever esse tipo de amor. Ele não começa diferente dos outros e provavelmente não envolve pessoas especiais. Apenas evolui de uma forma distinta. É uma vela que dura em vez de consumir-se numa explosão fugaz. Nesse tipo de amor também há promessas, feitas com a mesma volúpia e igual irresponsabilidade. Mas elas frutificam. Por alguma razão, a generosidade absoluta dos primeiros dias — quando tudo parece possível, quando nada é demasiado — persevera e permanece. O que parece impossível vira realidade.

Nos últimos tempos, sejamos francos, esse amor que dura saiu de moda. Mesmo as promessas ficaram caretas. Ser moderno, hoje em dia, significa não garantir coisa alguma. Estamos aqui hoje, talvez nos vejamos amanhã, o futuro pertence a quem chegar primeiro. Sejamos realistas, sejamos claros, sejamos francos: o importante é viver avidamente e cultivar o desapego. Qualquer promessa seria mentira ou babaquice.

Diante dessa nova realidade, asséptica e racional, eu prefiro as promessas. Elas revelam nossos medos e expõem nossas mentiras secretas, mas, ao mesmo tempo, exibem nossas profundas aspirações.

Nós queremos amar para sempre. Queremos cuidar e proteger até o fim. Gostaríamos de achar a companheira sempre linda (como prometemos fazer), de jamais magoá-la, jamais abandoná-la, jamais expô-la ao nosso lado ruim, jamais enganá-la (como prometemos fazer). Nem sempre é possível. Quase sempre não é. Mas ainda acho bom que pensemos assim. O amor que nunca acaba é nossa forma privada de utopia. Num mundo em que nada permanece, em que tudo é descartável e transitório, sonhamos com sentimentos duradouros. Num dia de chuva, tomados de ternura e de esperança, somos capazes de abraçar alguém e jurar, olhando nos olhos, que tudo será para sempre. Quem poderá dizer que não?

COMO SE CONSERTA UM CORAÇÃO PARTIDO? COMO SE CONSERTA UM CORAÇÃO PARTIDO? **COMO SE CONSERTA UM CORAÇÃO PARTIDO?** COMO SE CONSERTA UM CORAÇÃO PARTIDO? COMO SE CONSERTA UM CORAÇÃO PARTIDO? COMO SE CONSERTA UM CORAÇÃO PARTIDO? COMO SE CONSERTA UM CORAÇÃO PARTIDO? COMO SE

UMA PESQUISA AMERICANA DIZ QUE É MELHOR ARRUMAR LOGO OUTRA PESSOA, MAS EU NUNCA VI ISSO DAR CERTO.

As dores de cotovelo talvez sejam o motivo mais comum de sofrimento humano. Aqui, na China e em toda parte. Sobretudo entre os jovens. Não transcorre um segundo neste planeta azul sem que um coração seja partido, com terríveis consequências pessoais. Quem sofre não consegue trabalhar, dormir ou comer direito. É uma catástrofe íntima que só a vítima é capaz de dimensionar.

Numa entrevista recente, o Paulo Coelho disse ter pesquisado entre seus milhões de seguidores na internet as causas mais comuns da depressão. Sua conclusão? Traição. Eu, arrogantemente, me arrisco a reinterpretar o resultado da pesquisa do escritor famoso. Não é traição. É desilusão amorosa a causa de tristeza e depressões. As pessoas frequentemente confundem as duas coisas.

A moça foi deixada pelo rapaz e sente-se traída por ele. Um rapaz foi trocado por outro e diz para si mesmo que foi traído pela namorada. Mas foi mesmo? Talvez em alguns casos ocorra um ato tão pérfido que mereça o uso da palavra "traição". Mas, na maior parte das vezes, as pessoas sentem-se traídas porque foram abandonadas, porque deixaram de ser amadas, porque aquilo que gostariam que existisse não existe mais. Acusar de traição deve ser mais fácil do que gemer no escuro sem ter a quem incriminar. Ou assim me parece.

Qualquer que sejam suas origens, não há dúvida de que a dor de cotovelo é um problema universal. Tanto é verdade que os americanos, que são gente prática, estão tentando entender cientificamente o processo para melhor superá-lo. Uma pesquisa feita em duas universidades concluiu, faz alguns dias, que a melhor maneira de remendar um coração partido é envolver-se com outra pessoa rapidamente.

Os pesquisadores compararam gente que buscou consolo nos braços de um novo parceiro com gente que escolheu sofrer sozinha as dores da separação. Concluíram que quem se enfiou na cama de alguém se sentiu melhor do que quem ficou sozinho, chorando no sofá. A autoestima estava mais alta, e eles se mostravam mais seguros ao lidar com os ex-parceiros. Os americanos chamam esses namoros para esquecer o ex de "relacionamento rebote" — e a opinião dos cientistas é que eles, efetivamente, ajudam a superar o passado.

Vocês acreditam nisso? Eu não. Por meia dúzia de razões importantes.

A primeira é que nunca — repito NUNCA — vi ninguém levar o fora num relacionamento importante e ficar feliz com outra pessoa na sequência. Já vi gente tentando, mas nunca vi funcionar. Pelo contrário. As pessoas que fazem isso se atrapalham, machucam os outros, e a cabeça delas fica um lixo. Continuam sofrendo, claro, miseravelmente. Essa é a regra quando se gosta muito.

Quando não se gosta tanto assim, ou quando não se gosta mais, fica mais fácil. Aí basta uma cara nova, um corpo novo, para ajudar a remendar a autoestima avariada. Mas quem esteve apaixonado de verdade não supera um pé na bunda assim na boa. Por um motivo essencial: quem parte fica dentro de nós. Por algum tempo, inevitavelmente, estará lá. Vai morar em nossos sonhos e dividir conosco as horas do dia. É uma ausência enorme, maior do que a pessoa de verdade. Mesmo que ela não mereça, mesmo que não seja assim uma coca-cola. Mesmo assim.

Quem vive esse pequeno inferno gostaria que fosse diferente. Se fosse possível arrumar um namoro de consolo e deixar os sentimentos de abandono para trás seria perfeito. Mas como se troca um João por um Rodrigo de uma hora para outra? Eles falam de maneira diferente, pensam de forma diferente, agem cada um de seu jeito. Como se substitui uma Maria por uma Rosana? Seus sorrisos são tão diferentes, elas não têm os mesmos sentimentos, reagem de forma distinta diante da chuva, do sol, da cena besta do filme. Não dá.

Nossos sentimentos não são genéricos. Eles se aplicam a uma única pessoa de cada vez. São como roupas feitas sob medida, cortadas milimetricamente. A cada novo amor temos de começar do zero, fazer de novo. Afinal, é um sentimento novo em folha, que serve apenas àquele ser humano que nos inspira. Ele tem nossa cara e nosso estilo (é o nosso jeito de amar, naturalmente), mas tem as formas e as medidas de quem nos toca o coração. Uma coisa dessas não se improvisa. Tampouco desaparece em dois dias.

Se os pesquisadores americanos dissessem que, depois de um rompimento, é bom se distrair, eu concordaria entusiasticamente.

Encontrar os amigos, sair de casa, conhecer outras pessoas. Isso tudo faz bem, porque não mexe com sentimentos profundos. Quando se está assim, na merda, é bom perceber que outras pessoas se interessam pela gente. É bom sentir que somos capazes de perceber gente interessante. Mas, por favor, devagar com o andor. Conhecer, conversar, rir, flertar um bocadinho, tudo bem. Essas coisas distraem e atenuam a dor. Mas, no primeiro beijo na boca, na primeira vez que a mão percorre o outro corpo, desastre: lá vêm as lembranças, começam as comparações, surge aquela avalanche de sentimentos depressivos, e o caos se instala dentro de nós. Melhor evitar, eu acho. Melhor ficar no flerte e na conversa. Eles não machucam e ajudam a cicatrizar. Também não queimam seu filme com aquele ser humano ali ao lado, que pode vir a ser importante quando essa crise passar. Pense nisso.

É claro que gostaríamos de ser feliz o tempo todo. Claro que preferíamos não sofrer. Mas isso não é possível. Depois de um grande sentimento fica um vazio. Ele machuca e entristece. Não adianta apressar, não adianta competir com quem nos fez sofrer. É preciso respeitar nossos sentimentos sem nos deixar dominar por eles, sem permitir que virem obsessão. Quando a gente chuta o pé de uma mesa, dói muito. Por alguns instantes, aquela dor nos domina. Depois cede, vai passando, acaba. A gente sabe que é assim, por isso não se apavora depois de uma topada. Respira, sopra e espera. Não deveria ser diferente com as dores do coração. Ter paciência, ter coragem, soprar um bocadinho. Daqui a pouco passa, e a vida recomeça.

COMO DIZER ADEUS COMO
DIZER ADEUS COMO DIZER
ADEUS COMO DIZER ADEUS
COMO DIZER ADEUS COMO
DIZER ADEUS COMO DIZER
ADEUS COMO DIZER ADEUS
COMO DIZER ADEUS **COMO**
DIZER ADEUS COMO DI-
ZER ADEUS COMO DIZER
ADEUS COMO DIZER ADEUS
COMO DIZER ADEUS COMO
DIZER ADEUS COMO DIZER
ADEUS COMO DIZER...

ONZE IDEIAS PARA SOBREVIVER AO FIM, COM ALGUMA DIGNIDADE.

Tem gente que acha simples, mas eu tenho problemas com rupturas e separações. Talvez as minhas tenham sido muito doloridas, talvez as de pessoas próximas tenham me afetado. Não sei. O fato é que basta eu ler nos jornais que Tom Cruise e Kate Holmes se separaram que uma voz dentro de mim lamenta: coitados...

Minha sensação é que nós — eu, você e o Tom Cruise — não estamos preparados para ouvir ou para dizer adeus. Sabemos começar e não sabemos acabar. Damos a partida num carro, mas não conseguimos parar. Saímos para a viagem felizes, mas não conseguimos chegar. Um paradoxo, uma incongruência, uma experiência que não fecha. Olhe em volta. Um namoro de meses, uma vez encerrado, pode nos causar enorme sofrimento. Basta que a pessoa nos rejeite para se converter na criatura mais importante no mundo. Na mais desejada.

Nem é preciso que nos deem o fora, na verdade. Pense na outra situação: você está namorando, ou casado, e não aguenta mais. Acontece. Como se faz para terminar? O primeiro estágio, dependendo de seu temperamento, pode levar meses ou anos de infelicidade paralisante. Você não suporta mais o som, a visão ou o tato da pessoa, mas não tem coragem de contar isso a ela, embora todos os amigos já saibam. Até para o cobrador de ônibus você já disse que aquilo acabou, mas a outra parte ainda não foi informada. Quando os amigos olham você com seu par, é possível ler nos olhos deles a pergunta: "Ainda?" Dá vergonha.

Quando, enfim, você resolve dar o ponto final, começa o outro problema. Culpa. Avassaladora e horrorosa culpa. As pessoas vêm contar que ela está sofrendo. Ele telefona. Sua mãe (eu já vi acontecer) recebe o abandonado na casa dela e liga para sua casa, pedindo clemência: "Ele gosta tanto de você." Não é fácil ser coerente. A gente não sabe se separar, e nossas famílias não ajudam.

Acima e além de toda a comédia, porém, o que existe nessas separações é dor. Olhe para a cara das pessoas: elas estão destruídas. Não dormem, não comem, mal conseguem trabalhar. Sofrem fisicamente. Perdem peso, ganham peso, adoecem. Se a gente extraísse da dor de cada separação alguma forma de energia limpa, os problemas ecológicos do planeta estariam praticamente resolvidos. Mas não. Essa é uma dor imensa, universal e inútil.

Claro, os tipos mais psicanalíticos dirão — com alguma razão — que a dor da ruptura é necessária para nossa formação emocional. Precisamos passar por ela para entender o amor e outras coisas essenciais sobre nós mesmos.

Eu concordo com a tese, mas não entendo porque ela tem de ser estendida ao infinito. Eu, por exemplo, aprendi tudo o que tinha de aprender sobre sofrimento amoroso aos 13 anos, quando aquela garota de cabelos pretos e imensos olhos castanhos resolveu se apaixonar pelo meu melhor amigo. Desde então, toda perda, separação, rejeição ou todo pé na bunda têm sido meras repetições desnecessárias. Até quando?

Como é impossível evitar os foras que nos darão — e aqueles que nós daremos —, talvez seja melhor nos prepararmos para lidar apenas com as consequências de separações e rompimentos. Pensando nisso, usei minha experiência, assim como a dos amigos (cuja colaboração nem sempre é voluntária), para compor um brevíssimo decálogo para uma ruptura menos dolorosa e talvez um pouco mais digna. O decálogo ficou com 11 itens, e temo que essa não seja a única inconsistência. Pensem nele como *post-its* para sair da vala. Talvez ajude.

O decálogo:

1. DIGA ADEUS DE VERDADE.

Ou aceite o adeus que lhe deram. Pontos finais podem ser o começo de alguma coisa nova. Adiamentos e meias verdades não levam a lugar nenhum e nos envenenam.

2. NÃO SE COLOQUE NA SITUAÇÃO DE VÍTIMA.

Isso destrói sua autoestima e não faz ele ou ela voltar. Romance que acaba é uma fatalidade tão grande quanto romance que começa. Não há culpados.

3. ASSUMA A RESPONSABILIDADE.

Não se abandone aos sentimentos negativos, como se você não fosse responsável pelo que faz ou sente. Em outras palavras, reaja.

4. MANTENHA A DIGNIDADE.

Ou rasteje com moderação. Quando você não tiver mais nada, o respeito por você mesmo — e pelo outro — pode ser de grande serventia.

5. DEIXE O OUTRO EM PAZ, DÊ PAZ A SI MESMO.

Ficar correndo atrás da pessoa que a deixou, ou que você deixou, é tolice. Se procurou uma vez e não deu certo, fique na sua. Insistir piora tudo.

6. PROCURE OS AMIGOS.

Os seus amigos, não os dela. Gente querida distrai e nos faz bem. Ah, sim: mesmo com os mais chegados, tente não reclamar 100% do tempo. Autocontrole ajuda a sair do poço.

7. RECOLHA-SE OU EXPONHA-SE, MAS SEJA FIEL A SI MESMO.

Nunca invente um comportamento que nada tem a ver com você para agredir o ex ou para mostrar que você é foda. Só piora.

8. FAÇA ARTE OU CONSUMA ARTE.

Ver um show da Marisa Monte depois de um pé na bunda pode ser uma experiência transcendental. Assim como escrever poemas ruins, que você rasgará (ou não) depois de alguns meses.

9. NÃO PERCA PONTOS CORRENDO ATRÁS DO EX ANTERIOR, A NÃO SER QUE TENHA VIRADO AMIZADE.

Se ele ou ela ainda gostar de você, aproveitar-se para tentar se consolar é desprezível e não vai ajudar.

10. LEMBRE: DA OUTRA VEZ VOCÊ SOBREVIVEU.

É importante ter isso em mente. As dores passam, e a gente se apaixona de novo, mesmo que no momento isso pareça extremamente improvável.

11. SE A BARRA PESAR DEMAIS, PROCURE UM ANALISTA.

Ou mesmo um médico. Eles estão aí para nos socorrer quando o amor vira doença. Se você se assustar com você mesmo, é hora de pedir ajuda. Funciona.

QUERIDA FILHA, QUERIDA FI-
LHA, QUERIDA FILHA, QUE-
RIDA FILHA, QUERIDA FILHA,
QUERIDA FILHA, QUERIDA FI-
LHA, **QUERIDA FILHA,** QUE-
RIDA FILHA, QUERIDA FILHA,
QUERIDA FILHA, QUERIDA FI-
LHA, QUERIDA FILHA, QUE-
RIDA FILHA, QUERIDA FILHA,
QUERIDA FILHA, QUERIDA FI-
LHA, QUERIDA FILHA, QUE-
RIDA FILHA, QUERIDA FILHA,
QUERIDA FILHA, QUERIDA...

Ontem eu percebi que você foi dormir chorando, depois de ficar um tempo enorme ao telefone com seu namorado. Não é a primeira vez que isso acontece. Aliás, desde que começou esse namoro, só vejo brigas, separações e voltas. E elas parecem mexer fundo com seus sentimentos. Num dia você está feliz, sorridente, quase eufórica. No outro, fica como ontem: apática, deprimida, chorosa. Como eu conheço bem você, sei que esse não é seu temperamento natural. Você é uma moça tranquila, equilibrada, segura. Essas oscilações recentes têm a ver com o namoro. Por isso tomei a iniciativa de escrever esta mensagem. Queria dividir algumas ideias e sentimentos. Você lê apenas se achar que deve, claro. Mas eu ficaria muito contente se você ouvisse o que eu tenho a dizer.

Na primeira separação de vocês, logo no início do namoro, lembro que nós conversamos. Você estava muito abatida e eu perguntei a você qual seria, em sua opinião, a causa do problema entre vocês. Com muita tristeza, mas também com muita segurança, sua resposta foi que ele não gostava de você como você gostava dele. Você sentia que estava apaixonada, mas ele, embora quisesse transar com você, embora apreciasse sua companhia, parecia estar bem menos envolvido. Naquele dia, eu cometi um erro. Em vez de concordar com você e ajudar a acabar ali com o namoro, ponderei que, às vezes, quando a gente gosta muito, pressiona o outro de forma desnecessária: exige demonstrações de afeto, cobra atenções, se torna chato. Talvez, se você relaxasse e tratasse o caso com mais leveza, as coisas fluíssem melhor. Em resumo, sugeri que o problema era seu, e não dele. Era uma visão de homem, que estava errada.

Desde aquele primeiro rompimento, muita coisa aconteceu entre vocês, mas o essencial não se alterou. Você continua apaixonada e triste. Ele continua com você, mas não sabe direito o que deseja ou o que sente. Por causa dessa desarmonia essencial, a cada par de meses vocês brigam e se separam, mas logo voltam, porque não suportam a dor. A relação vai se tornando cada vez mais pesada, começa a envolver as duas famílias e os amigos, mas não melhora e nem avança. Você se sente insegura. Ele parece incomodado. Ninguém está contente, mas vocês seguem namorando até a próxima briga, como a de ontem. Eu posso entender por quê. Mas pergunto: é realmente necessário?

Se eu pudesse voltar à nossa primeira conversa, diria, com todas as letras, que você fez muito bem em romper e se afastar. Eu explicaria que, em minha experiência, não há nada mais inútil e doloroso do que correr atrás de quem não nos ama. É uma batalha perdida. Quem está apaixonado se apega a pequenos gestos de atenção, a breves momentos de carinho. Usa essas coisas para sufocar a sensação, sempre presente, de que o outro não tem os mesmos sentimentos, que não está realmente a fim. Nosso instinto avisa que aquela relação é uma roubada, mas a gente finge que não percebe. "Se ele está comigo é porque gosta, não é?" Nem sempre, filha. Nem sempre.

É claro que alguém que está a seu lado tem alguma espécie de sentimento, mas não é necessariamente aquele que você espera. Por exemplo: sendo você a garota bonita e inteligente que é, sua presença faz bem ao ego dele. Além disso, você é popular e respeitada na escola. Ser seu namorado pega bem, sobretudo para ele, que é tímido. Considere também que ele é inseguro — como quase todo mundo nessa idade — e que ser amado por alguém bacana faz um bem danado à autoestima. Seus sentimentos sinalizam que ele é acima da média. Se alguém com a cabeça e a personalidade que você tem gosta dele, ele deve ser melhor do que imagina ser.

Você entende o que eu estou dizendo? Ele não está tentando enganar você, não está sendo sacana. Apenas é jovem, está confuso e se move por sentimentos egoístas. Ainda que ele não seja louco por você, onde vai achar alguém melhor? Não acho que seja consciente. É um mecanismo de autodefesa. Quando vocês brigam, ele se depara com a possibilidade de ficar sozinho, se confronta com a necessidade de achar outra pessoa — e então percebe como você é especial. Aí telefona, vem procurar, escreve coisas apaixonadas no Facebook. Ou atende seus telefonemas, responde a suas mensagens, abre a porta dele para você. É incapaz, como você, de botar um ponto final.

A esta altura, você deve estar perguntando: O.K., se eu sou assim tão bacana, por que ele não é louco por mim, como eu sou por ele? Porque a vida não acontece desse jeito, filha. Ninguém se apaixona pelas virtudes e qualidades das pessoas. A gente se apaixona por algo que não enxerga, que corresponde a algo invisível dentro de nós. É irracional e não é razoável, mas é assim que funciona. Seu namorado não consegue ficar feliz com você, mas pode sossegar com uma garota menos bonita, menos inteligente e bem menos interessante do que você. É o que cabe no sapato dele. Considere que, neste momento da vida, você talvez seja demais para esse rapaz. Isso acontece muito, não é apenas papo de mulher rejeitada. Livres para escolher, os homens costumam ser incapazes de recusar sexo com uma mulher atraente. Mas, passado o momento de afirmação, não se envergonham em sair correndo se a moça os deixar inseguros. Acredite em mim quanto a isso. Eu corri mais de uma vez.

Tudo isso que eu disse é interessante e pode ser útil, mas não é o essencial. A razão fundamental para pôr fim a esse namoro é que dói demais gostar de quem não gosta de nós. Veja como você está se sentindo agora. Arrasada, com medo, vivendo uma angústia insuportável. Dormir é ruim, e acordar é pior. Não pode, filha. Passar por isso uma vez talvez seja necessário. Mas viver esse drama voluntariamente, a cada par de meses, é um abuso contra você mesma. Gostar de quem não gosta da gente arrebenta por dentro, engessa nossa vida, nos prejudica em todos os sentidos. Em vez de cuidar de nós — nossos planos, nosso futuro, nossa felicidade — ficamos ali, marcando passo, pendentes dos sentimentos de alguém que nem está preocupado conosco. Colocamos a pessoa no centro de nossa vida e ficamos na periferia da existência dela. Não é justo, não é bom, e, definitivamente, não precisa ser assim. Amores que dão errado são inevitáveis, mas insistir neles é burrice. Temos de aprender a dar um basta. Não há outro jeito de recomeçar.

Você deve estar pensando que é fácil falar. Deve estar lembrando quantas vezes já tentou se afastar desse rapaz. Deve estar dizendo para você mesma: "Eu gosto dele, não consigo. Quando chega a noite, quando estou sozinha, me invade uma angústia assustadora. É como se a ausência dele me causasse dor, como se a vida não tivesse razão de ser." Eu sei como é isso, filha. Já estive nessa posição mais de uma vez. O outro sai, e nosso mundo desmorona. Ficamos no limbo, mortos de medo. Eu gostaria, como pai, de ensinar um caminho fácil para fora dessa situação, mas ele não existe. A única maneira que eu conheço — e talvez seja a única que existe — é viver uma hora ruim depois da outra, um dia triste depois do outro, uma semana cinza atrás da outra. Num dado momento, sem que você perceba, começará a doer menos. E a cada dia depois disso a dor será menor, até sumir, deixando uma lembrança agridoce.

Era isso que eu tinha a dizer. Desculpe se escrevi demais. Desculpe se me meti demais. Você sabe que eu respeito suas escolhas e decisões, mas gosto de pensar que tenho o direito de tentar influenciá-las. Considere, também, que não é fácil ver uma filha sofrendo. Ainda mais por amor. Como seu pai, sendo como sou, sinto que sou responsável pelo seu romantismo. Então me permita apará-lo um pouco. Permita que eu informe seu romantismo sobre alguns fatos da vida. Ele não sairá menor dessa conversa. Nem você menos apaixonada. Se eu tiver sorte, vou conseguir que perceba o quanto você é especial, o quanto é única, e por que não precisa e nem deve viver a situação que está vivendo. Se tiver sorte, vou ajudar você a se poupar de dores pelas quais passei — e que não me tornaram uma pessoa melhor e nem fizeram bem à minha vida. O que nos faz bem é ser amados, queridos e acolhidos. O resto, acredite, é conversa de gente boba. E papo de masoquistas.

FORA DA CAIXA FORA DA
CAIXA FORA DA CAIXA FORA
DA CAIXA FORA DA CAI-
XA FORA DA CAIXA FORA
DA CAIXA FORA DA CAIXA
FORA DA CAIXA **FORA DA**
CAIXA FORA DA CAIXA FORA
DA CAIXA FORA DA CAIXA
FORA DA CAIXA FORA DA
CAIXA FORA DA CAIXA FORA
DA CAIXA FORA DA CAIXA
FORA DA CAIXA FORA DA
CAIXA FORA DA CAIXA...

VOCÊ QUER ALGUÉM QUE SEJA O MÁXIMO OU TOPA UMA PESSOA ESQUISITA, QUE DEIXE VOCÊ FELIZ?

Ando sob a impressão terrível de que nossas escolhas pessoais estão sendo afetadas por algo equivalente ao padrão FIFA. Se você não acredita, olhe em volta: quem foi a última amiga que você viu ao lado de alguém interessante? Não estou falando de gente bonita ou bem-sucedida. Estou pensando numa personalidade original, surpreendente, inesperada. Quando foi a última vez que você mesmo — ou você mesma — saiu com alguém levemente inquietante?

Sozinhos, no escuro do quarto, todos nos sentimos transgressores. Só Deus sabe as coisas que nos passam pela cabeça. Mas, à luz do dia, diante de um mundo cada vez mais homogêneo, em que todos os gostos e valores se assemelham, fazemos o que todo mundo faz — nos aproximamos de gente que preenche o padrão comum de qualidade.

Nele não cabem esquisitos ou solitários. Nele não entram desajustados. Os neuróticos, os tristes, os libertinos estão fora. Os chatos criativos, os tímidos brilhantes, os feios apaixonantes não têm chance. Poetas exagerados e rebeldes exaltados jamais se juntarão a nós. São inconvenientes. Almas artísticas tampouco nos interessam. Gente complicada incomoda. Não queremos confusão, angústia, papo cabeça. Nossa vontade é passar a vida entre gente bonita, bacana e descomplicada.

Se você não cabe nessa descrição, parabéns.

Significa que você não vive num comercial de cerveja, namorando uma moça de comercial de absorvente e caminhando, a passos largos, para construir uma família de comercial de margarina. Significa que sua vida ainda não é um clichê bem-comportado — ou cuidadosamente descuidado — e que nela há lugar para a surpresa. Talvez a chama que faz de você um indivíduo único — e não apenas um consumidor e contribuinte — ainda esteja acesa. Pode ser que você consiga — ou tenha a sorte de — se apaixonar por alguém que não seja um clichê de 140 caracteres. Mas não é fácil.

Nós, coletivamente, perdemos o gosto pela diferença.

Gente que não cabe na caixa — gente que não se encaixa — não nos interessa. Dividimos o mundo burramente entre vencedores e perdedores, como num filme de colegiais americanos, e nos agarramos aos primeiros. Mas a perda que isso causa é enorme. Quem vive fora do bando tem muito a nos contar. A moça de olhar melancólico pode fazer música e poesia, falar outra língua, vir de um país distante. O cara solitário talvez seja um gênio da intimidade, tenha um humor corrosivo, vibre de fúria e indignação com o estado do mundo. Quem não se enquadra e nem se junta pode estar fazendo coisa mais interessante. Talvez criando um mundo novo, quem sabe inventando uma existência mais plena. Quem sabe?

No fundo, quando se trata de nossos afetos, a pergunta essencial é sempre a mesma: você quer alguém que seja o máximo ou prefere alguém que alargue seus horizontes e deixe você feliz?

Eu prefiro a segunda alternativa. Pessoas muito populares e bem-sucedidas, com todo respeito, me parecem uma espécie de lugar comum. São como um filme do qual já se viu o *trailer* ou um livro cuja história já foi contada. Talvez um sapato que cabe em todo mundo.

Minha limitada experiência sugere que é melhor procurar quem nos surpreenda, alguém que tenha as nossas medidas existenciais. Não porque haja uma alma predestinada a nos fazer feliz ou um relacionamento fadado a resolver nossa vida. Isso não acontece. Mas há, sim, gente capaz de criar conosco uma conexão intensa e despertar — por décadas ou semanas, não importa — o que há de melhor dentro de nós.

Como não somos assim tão simples, como nossas angústias e aspirações não cabem num comercial da Copa do Mundo, talvez devêssemos buscar essa pessoa que nos toca entre gente como nós: fora dos padrões, fora dos clichês, fora da caixa.

DESTINO SE INVENTA DES-
TINO SE INVENTA DESTINO
SE INVENTA DESTINO SE
INVENTA DESTINO SE IN-
VENTA DESTINO SE INVEN-
TA DESTINO SE INVENTA

DESTINO SE INVENTA DES-
TINO SE INVENTA DESTINO
SE INVENTA DESTINO SE
INVENTA SE INVENTA DES-
TINO SE INVENTA DESTINO
SE INVENTA DESTINO SE
INVENTA DESTINO SE...

POR QUE ESPERAR PASSIVAMENTE QUE UM ROMANCE CAIA DO CÉU E DÊ SENTIDO À SUA VIDA?

Se eu fosse mulher, tivesse trinta anos e não estivesse num relacionamento sério, minha lista de planos para 2015 começaria com quatro palavras: arrumar uma relação legal.

Imagino, claro, que a mulher de trinta se parece comigo na idade dela: meio carente, um tanto romântico e cheio de planos para o futuro. Planos, que, no meu caso, incluíam alguém para partilhar a vida.

Há muitas pessoas que não sentem assim, evidentemente. Há caras e garotas que vivem bem sozinhos. Tão bem, na verdade, que não desejam juntar os trapos e se comprometer. Eles transam quando querem, ficam bem sozinhos e extraem da sedução frequente aquela satisfação que outras pessoas só encontram na intimidade duradoura com uma mesma pessoa — por mais que ela traga os próprios problemas.

Não é raro que se tenha inveja desses sedutores solitários, mas suspeito que eles, de vez em quando, também gostariam de ser diferente do que são.

Mas se você sente que não nasceu para circular de forma autônoma, se você, no fundo de sua alminha inquieta, percebe aquele desejo ancestral de acasalar e (quem sabe?) fazer família, temo que a única solução para 2015 seja procurar um par.

Parece absurdamente óbvio o que estou dizendo, mas, acreditem, não é.

Estou cansado de conversar com mulheres de trinta anos que parecem ter desistido do projeto casal. Falam em adotar sozinhas uma criança, congelar óvulos ou viver avulsas para sempre, navegando entre um casinho e outro, entre um e outro site de relacionamento. Estão jogando a toalha, como se dizia antigamente — embora sejam jovens, atraentes, interessantes, bem-sucedidas no trabalho. Um paradoxo de saias.

O que elas contam é que chegaram a uma idade em que é preciso tomar decisões, mas não há em volta delas sujeitos que queiram dar um passo adiante — ou, frequentemente, sujeitos com quem elas gostariam de dar o tal passo. Homem sempre existe, diz uma amiga minha. Mas cadê o homem que a faça sentir apaixonada? Ou que, tendo penetrado a couracinha afetiva dela, não se mostre mais interessado em seguir livre, rompendo outras couraças por aí?

A vida não é simples, naturalmente. Frequentemente, porém, ela tem solução. Que, nesse caso, pode estar na atitude.

Acho que nós, homens e mulheres do século XXI, ainda temos um olhar adolescente para as relações afetivas. Queremos que nos caia do céu um romance arrebatador, pronto e completo, sem contradições ou dúvidas. Sem defeitos constrangedores também. Exigimos ser amados pelo que somos, mas estabelecemos condições elevadas para amar. Tendemos, de forma tola, a nos apaixonar pela beleza, pelo charme, pelo riso. Apostamos no clichê e na superfície, mas aspiramos ser tratados de outro jeito: queremos ser apreciados pela profundidade de nossos sentimentos e por nosso caráter.

Outro tipo de atitude é possível, porém.

Outro dia, conversando com uma amiga sobre o casamento dela — que já tem dez anos — ouvi algo surpreendente. "Eu tive muita sorte", ela me disse. "Meu marido é um cara maravilhoso, mas eu poderia ter amado alguém muito pior." Vocês percebem como é generosa essa última frase? "Eu poderia ter amado alguém muito pior" significa, essencialmente, que ela estava pronta quando o sujeito apareceu. Ele não precisava ser rico, lindo, heroico. Seria suficiente que a encantasse — e ela, lindamente, admite que não teria sido difícil. Um bom homem bastaria.

Acho que há nessa história ainda mais do que parece.

Nela se manifesta a disposição da mulher — embora pudesse ser do homem — de inventar o próprio destino. Acho que o romantismo pueril disseminado à nossa volta (em conversas, filmes, novelas, livros e até colunas da internet) nos transforma em criaturas passivas diante da própria vida.

Agimos como se o amor fosse um evento externo à realidade. Partilhamos a convicção estranha de, que diante do amor, não temos nada a fazer. Acreditamos que a única atitude ante o afeto é esperar que ela apareça. Não entendemos esse aspecto da existência como algo sob nosso controle — embora ele seja mais uma etapa da existência, outra experiência essencial da qual não faz sentido abdicar, mas diante da qual não deveríamos apenas sentar de boca aberta, embasbacados e passivos.

Em outras palavras, me ocorre que construir uma relação estável é como terminar o colégio, escolher a faculdade, lançar-se a uma profissão, sair da casa dos pais: uma experiência que precisa ser praticada, tentada, pensada e, de vez em quando, improvisada e remendada. Ao final, talvez, aceita da forma como apareça.

Logo, se eu fosse uma mulher de trinta anos sem uma relação estável — ou um homem da mesma idade e na mesma situação —, olharia em volta neste primeiro dia do ano da graça de 2015, seja na praia chuvarenta ou na rua ensolarada da cidade, em busca de alguém com que eu quisesse passar os próximos dez anos.

Ele ou ela pode estar pertinho. Ou não. Mas é certo que essa pessoa existe, porque não se trata de um semideus ou de uma criatura engendrada pela Providência. É um homem ou uma mulher comum, como tantos, a quem você concederá, de forma particular e única, embora não irrefutável, o privilégio do amor. A quem você oferecerá o direito a partilhar alguns dos momentos mais importantes de sua vida — e que receberá, atônito ou comovida, a honra de seu amor. Estar com ele ou com ela será infinitamente melhor do que jogar as mãos para o alto e desistir. Aliás, como regra não se desiste da vida, nem das coisas que a tornam importante.

OS HOMENS QUE ODEIAM
AS FEMINISTAS OS HO-
MENS QUE ODEIAM AS
FEMINISTAS **OS HOMENS**
QUE ODEIAM AS FEMI-
NISTAS OS HOMENS QUE
ODEIAM AS FEMINISTAS
OS HOMENS QUE ODEIAM
AS FEMINISTAS OS HO-
MENS QUE ODEIAM AS
FEMINISTAS OS HOMENS
QUE ODEIAM AS FEMI-
NISTAS OS HOMENS QUE

DE ONDE VEM TANTA IRRITAÇÃO COM AS MULHERES INDEPENDENTES?

Noto que virou moda na imprensa brasileira falar mal das mulheres independentes. Qualquer um que deseje cinco minutos de fama desce o cacete no "feminismo", entendido como a atitude autossuficiente das mulheres em relação aos homens. No jornal que eu assino, houve, na última semana, dois artigos esculhambando mulheres que trabalham e não parecem interessadas em homens. Além do esforço deliberado para causar indignação — que virou praga no jornalismo brasileiro —, acho que existe por trás dessas bobagens um verdadeiro sentimento reacionário.

Muitos homens gostariam de voltar ao período em que todos os empregos e todas as prerrogativas pertenciam a eles. Muitas mulheres estão cansadas — ou assustadas com a perspectiva — de trabalhar duro pela vida toda, acumulando funções de mãe, dona de casa e funcionária exemplar. Em meio a eles, milhões estão inseguros sobre seu ponto de vista ou sua situação social. Minha impressão é que começamos a viver um tempo de nostalgia, alimentado pela sensação de que as relações entre homens e mulheres nunca mais serão como antes. Tem gente morrendo de medo de ficar obsoleto.

Não é por acaso que os textos de ataque às feministas sempre arrumam um jeito de ironizar as mulheres que "vivem sem homem". Os autores dizem que a independência afetiva das mulheres não passa de embromação. Sugerem que todas elas gostariam de ter um macho forte e provedor que as levasse pelo braço. "É genético!", garantem. Na falta de um homem de verdade, cercadas de moleques incapazes de assumir seu lugar histórico, as solitárias inventariam fantasias de autossuficiência.

Eu, francamente, não sei de onde vem tanta bile. Qual é o problema das mulheres dizerem que são independentes e que vivem na boa sem um cara que conserte a pia? Em muitos casos, é a pura verdade. Entre terem um casamento de merda e irem ao cinema sozinhas, escolhem a segunda opção — mas tem gente que se ofende com isso. Os cáusticos talvez achem que a mulherada deveria aguentar qualquer marmanjo. Ou então ficar chorando pelos cantos quando o impiastro fosse embora, em vez de erguer a cabeça e tocar a vida, orgulhosa. As mulheres parecem discordar. Qual o problema?

Isso significa o fim das relações estáveis entre homem e mulher? Não! Nunca ouvi qualquer mulher heterossexual dizer que não queria mais homens. Algumas não querem casar ou morar junto, mas isso é 100% diferente de recusar uma relação afetiva. Outras dizem preferir ficar sozinhas a estar com homens que não amam. Parece sensato. Há muitas solteiras e divorciadas no mundo em que eu vivo, mas isso pode ser apenas inevitável. Não anda fácil arrumar parceiros estáveis de qualquer sexo. Enfim, vejo mulheres sozinhas, mas nenhum movimento que dispense ou hostilize a presença masculina.

Por que, então, tantos homens se sentem ameaçados?

Não sei. Mas minha impressão é que viver nesse mundo de mulheres autossuficientes está se tornando complicado. Se a mulher não precisa mais de nosso dinheiro para sobreviver, pode ir embora a qualquer momento. Isso é muito inquietante. Dentro de casa, elas passaram a exigir que o sujeito saia do sofá e divida as tarefas na hora de fazer comida e de cuidar dos filhos. Um saco. Por trabalhar, as mulheres estão em contato diário com outros homens, potenciais concorrentes. Há que ter nervos para lidar com isso. Antes, uma mulher que trocasse de parceiros depois do casamento era punida com uma bruta censura social, senão com violência pura e simples. Agora, as mulheres fazem a troca sem que os parceiros possam objetar uma vírgula.

Enfim, o nível de controle masculino sobre o que as mulheres vestem, falam ou fazem caiu espetacularmente. Elas estão livres inclusive para repetir nossos comportamentos mais destrutivos e egoístas, e muitas vezes o fazem. Conviver com isso requer personalidades menos controladoras, gente mais segura e confiante, homens dispostos a colaborar em relativa igualdade. Quantos caras você conhece que cabem nessa definição? Poucos — e não adianta procurar entre os que odeiam as feministas...

ENFIM, UM HOMEM SEN-
SÍVEL ENFIM, UM HOMEM
SENSÍVEL ENFIM, UM HO-
MEM SENSÍVEL ENFIM,
UM HOMEM SENSÍVEL EN-
FIM, UM HOMEM SENSÍ-
VEL **ENFIM, UM HOMEM
SENSÍVEL** ENFIM, UM HO-
MEM SENSÍVEL ENFIM,
UM HOMEM SENSÍVEL EN-
FIM, UM HOMEM SENSÍ-
VEL ENFIM, UM HOMEM
SENSÍVEL ENFIM, UM...

O ZAGUEIRO DAVID LUIZ NÃO DEU SHOW DE BOLA, MAS MOSTROU COMO SE COMPORTA UM NOVO HOMEM DE VERDADE.

Se eu pudesse escolher uma imagem para representar a Copa de 2014, seria a de David Luiz deixando o estádio do Mineirão com lágrimas nos olhos, pedindo desculpas à multidão nas arquibancadas. Minha impressão é que esse rapaz veio a simbolizar, naqueles dias, por seu comportamento e por suas atitudes, algumas novidades positivas a respeito dos homens brasileiros. Nos momentos de alegria e de tristeza, ele fez com que a gente se orgulhasse dele — e, por extensão, de nós mesmos. Não se pode pedir mais que isso de um herói.

Ao final daquele jogo terrível com a Alemanha, que nos encheu de vergonha, David Luiz não tentou inventar explicações que salvassem sua pele ou a de seus colegas de time. Ele simplesmente chorou diante das câmeras, depois de ter lutado em campo, reiterando, de uma forma que parecia sincera, o quanto era importante para ele "dar alegria ao povo sofrido do Brasil" e como lhe doía haver falhado, de forma tão miserável, nessa missão.

Numa profissão dominada por milionários consumistas, desconectados das pessoas que lhes garantem a fama e a fortuna, me comoveu ver um sujeito com sentimentos próximos aos dos torcedores. David Luiz, como nós, estava triste e envergonhado, e teve a grandeza de expor isso em público, sem subterfúgios.

O principal responsável pelo desastre deu outro tipo de entrevista ao final do jogo. Sem lágrimas, sem pedidos sinceros de desculpas — a palavra "desculpas" escapou no meio de uma frase comprida, sem muita ênfase — Luiz Filipe Scolari assumiu a responsabilidade pela derrota numa frase ambígua: "o time dirá que eles são responsáveis, mas o responsável sou eu" e, assim que pôde, sacou do bolso a imagem da "pane" da equipe, como se a derrota monumental, espetacular, medonha fosse um acidente mecânico, um mau funcionamento imprevisível e inexplicável.

Nada mais distante da humildade de David Luiz do que a arrogância do general derrotado que não perde a pose. Um pede desculpas com sinceridade. O outro sugere que a culpa não é realmente dele.

Vocês percebem a diferença? De um lado está o velho clichê da masculinidade: você ataca para impedir as críticas, você não admite erros e nem exibe vulnerabilidade, seu objetivo é prevalecer, não estabelecer a verdade. Faz parte disso a teimosia — que garante que o sucesso é apenas seu — e a insinceridade, que permite manipular os fatos, os sentimentos do outro. No trabalho ou nas relações pessoais, esse é um modelo antigo e ainda muito utilizado. Do outro lado, há um modelo novo, tocado pela lógica feminina, que admite culpa, que inclui a sensibilidade e a opinião do outro, que desabafa, que deseja expor e conversar. No modelo velho, antigo, as relações pessoais e profissionais são uma farsa manipulativa com o objetivo de vitória. A derrota tem de ser escondida e negada, porque enfraquece. A autoilusão e a negação são a regra. Qualquer outra coisa é sinal de fraqueza. Diante disso tudo, David Luiz me parece uma imensa novidade. Sai de cena o macho manipulador e entra o homem sensível.

O jovem cabeludo de Diadema é um cara capaz de lutar como um leão, como fez em todas as partidas, mas doce o suficiente para abraçar o adversário e consolá-lo na derrota, como aconteceu ao final do jogo com a Colômbia. É um sujeito capaz de se emocionar, de chorar, de pedir desculpas. Ele assume responsabilidades difíceis, como bater o primeiro pênalti, mas brinca e ri com os colegas como um igual. Tem liderança natural e exibe o raro sentimento de empatia, a qualidade de quem consegue se colocar no lugar do outro. Num mundo agressivo e egoísta, em que as pessoas são ensinadas a impor seus desejos e evadir-se dos erros e das responsabilidades, as atitudes públicas do David Luiz me parecem um exemplo sensacional.

Seria uma injustiça se David Luiz entrasse para a história como representante de uma geração de perdedores estigmatizados, como aquela da Copa de 1950 no Maracanã. Eu acredito sinceramente que ele e seus colegas não têm culpa do vexame diante da Alemanha. Ninguém avança numa competição dessa sem uma sólida orientação. Acabou-se a época dos improvisos. O caráter de David Luiz e de seus companheiros não bastou para enfrentar o preparo superior dos outros. Por isso, eles foram humilhados diante de centenas de milhões de pessoas no mundo inteiro, e nós com eles. Foi um aprendizado terrível. Tomara que ele traga algum fruto ao futebol e à consciência do País. Quanto ao David Luiz, que ele possa andar por aí de cabeça erguida, rindo e chorando quando tiver vontade. A era dos machões insinceros acabou.

O BILHETE EM BRAILLE

O BILHETE EM BRAILLE

O BILHETE EM BRAILLE

O BILHETE EM BRAILLE

O BILHETE EM BRAILLE

O BILHETE EM BRAILLE

O BILHETE EM BRAILLE

O BILHETE EM BRAILLE

O BILHETE EM BRAILLE

O BILHETE EM BRAILLE

O BILHETE EM BRAILLE

O BILHETE EM BRAILLE

O BILHETE EM BRAILLE

O QUE VOCÊ DIZ QUANDO ALGUÉM SE RECUSA A VER O ÓBVIO?

As duas caminhavam à minha frente, conversando. Quando eu me preparava para ultrapassá-las, a mais alta se inclinou na direção da amiga e disse a frase devagar, com raiva: "Juro, no dia em que eu for embora, vou deixar para ele um bilhete em braille. O cara é cego!"

Se eu fosse metade do jornalista que eu gostaria de ser, teria parado naquele instante, girado 180 graus, e perguntado à moça, sem hesitação, quem era o tal sujeito e o que ele fizera para merecer uma jura tão triste e tão bonita.

Mas não. Eu apenas atrasei o passo e prossegui, lentamente, com olhos e ouvidos voltados para trás, na esperança de ouvir o resto da história. Não adiantou. A moça alta se calou com ar resignado, e a amiga dela, que não tinha olhos de poeta, pareceu aliviada com o silêncio. Amores tristes, nós sabemos, podem ser infinitamente chatos.

A frase da moça, porém, ficou comigo. Mesmo sem um enredo que lhe desse substância, aquela imagem — o bilhete em braille — teve a força de despertar em mim a memória de uma dezena de situações em que eu poderia ter dito o mesmo.

Todos que já foram deixados, ignorados, enganados ou simplesmente esquecidos sabem como pode ser doloroso enxergar quando o outro se recusa a abrir os olhos.

(A pessoa que você mais quer no mundo está ali, trocando você por uma roubada, ou agindo da maneira mais escrota, e não há o que dizer. Ela não percebe. Está cega. Age como se você não existisse. Mudou inteiramente de lealdades. Não é mais a pessoa que costumava ser. Tornou-se distante e fria. Você sabe que ela está fazendo uma bobagem, você a conhece. Sabe, ou imagina saber, que, em algum tempo ela se dará conta, enxergará, mas então será tarde. Você tem seu orgulho, afinal. A vida é breve, a fila anda, corações lastimosos encontram amparo e futuro. Então, a pessoa que você mais quis no mundo estará lá, pedindo, e você não terá nada a dizer. Sinto muito, talvez. Talvez nem isso.)

Não há nada que cegue tanto quanto o cotidiano.

Ver alguém um milhão de vezes é como deixar de ver. As retinas preguiçosas recusam novidades. Aos olhos de hoje, aquela pessoa é a mesma de ontem, de uma semana atrás, de um ano. Estranhamente, não é mais aquela criatura fascinante dos primeiros dias. A beleza já não impressiona, a inteligência não surpreende, o temperamento não comove. Aquilo que todos enxergam o cego de convívio nem percebe. Está tudo lá, mas ele não vê, miseravelmente. Talvez seja preciso um pé na bunda. Ou talvez baste um bilhete em braille.

Somos assim, eu acho. Não há culpa. De quando em quando, deixamos de ver o outro, embora ele esteja lá, ou talvez por isso mesmo. É necessário redescobri-lo. Às vezes, o colírio de uma briga faz o milagre. Outras vezes, é preciso vestir os óculos do abandono para enxergar.

Nada disso é certo, porém.

Alguns amores perderão contorno com o tempo, irremediavelmente. Com outros, teremos logo cedo a sensação aborrecida de ter visto tudo. Poucos nos manterão de olhos arregalados e queixo caído. Um número ainda menor entrará em nosso universo e fará parte dele — sem fogos de artifício e sem holofotes girando no céu da madrugada. Apenas estará lá, como um pedaço discreto e irremovível de nossa vida. Até que uma cegueira nos separe.

Você sabe, não há garantias contra isso.

Somos presunçosos e bobos. Acreditamos, sem qualquer razão, que amanhã será melhor que hoje, mesmo que hoje seja um dia lindo. A esperança está em nossa natureza, e ela é cega. A esperança cega. Ela nos põe com os olhos no futuro, a esperar, enquanto a vida acontece agora, em sua plenitude casual. Você acorda numa manhã chuvosa de primavera e, ao seu lado, há um ser humano adormecido. Você o conhece, você o deseja, o dia será longo e bom ao redor dele. Mas os olhos insistem em não ver o óbvio.

Por isso eu gostaria de conversar com a moça da rua. Saber a razão da mágoa dela. Entender aquilo que o cego não percebe. Enxergar por ele, talvez. Seria uma maneira de me redimir do tanto que deixei de ver, também de me confortar por tantas vezes em que deixei de ser visto. Sabendo, como eu sei, que há um quê de inexorável na escuridão dos sentimentos. Eles acontecem e voltarão a acontecer. Se ao menos pudéssemos contá-los, sairiam das sombras em que moram as tristezas invisíveis. Daríamos voz ao que não se vê.

MEDO DE SER FELIZ MEDO
DE SER FELIZ MEDO DE
SER FELIZ MEDO DE SER
FELIZ MEDO DE SER FE-
LIZ MEDO DE SER FELIZ
MEDO DE SER FELIZ MEDO
DE SER FELIZ **MEDO DE**
SER FELIZ MEDO DE SER
FELIZ MEDO DE SER FE-
LIZ MEDO DE SER FELIZ
MEDO DE SER FELIZ MEDO
DE SER FELIZ MEDO DE
SER FELIZ MEDO DE SER

DE ONDE VEM A SENSAÇÃO DE QUE NOSSA FELICIDADE PODE SER DESTRUÍDA A QUALQUER MOMENTO?

Por uma razão ou outra, a gente vive com medo. A sensação de que as coisas podem repentinamente dar errado faz parte de nossa essência, eu acho. Alguns a têm mais forte; outros, mais fraca. Mas a ansiedade essencial em relação ao futuro está lá, em todos nós — mesmo quando estamos apaixonados e contentes. Ou, sobretudo, quando apaixonados e contentes.

Eu me lembro de uma amiga me dizendo, anos atrás: "Tenho um cara que me ama, estou feliz com meu trabalho, adoro minha família. A pergunta que eu me faço, todos os dias, é: Quando vai dar merda?" No caso dela, que eu saiba, nunca deu. Mas ela sentia que era apenas questão de tempo. Cedo ou tarde aconteceria.

Você pode rir — como eu ria — desses sentimentos extremados da amiga, mas eles não são piada. Já vi pessoas ficarem com tanto medo do futuro que detonam o presente. É uma espécie de pânico em câmera lenta. O sentimento de desastre iminente é tão forte, a sensação de insegurança é tão grande, que a pessoa conclui (mesmo de maneira inconsciente) que é melhor chutar logo o pau da barraca e sair correndo, em qualquer direção — deixando para trás o relacionamento, o emprego, o futuro e tudo o mais que estava dando certo e, por isso mesmo, parecia estar sob ameaça. É uma piração, claro, mas gente normal faz essas coisas todos os dias.

Existe uma coisa chamada medo de ser feliz.

Não estou falando daquele clichê sobre as pessoas terem medo de se entregar ao sentimento do amor e por isso não darem bola ao que sentimos por ela. Em geral, essa situação esconde um equívoco: a pessoa em questão não sente nada relevante por nós, mas preferimos acreditar que ela tem "medo de amar". É uma ficção que protege nossa autoestima e rende uma boa história para contar aos amigos. Mas quase nunca é verdade.

Existem, porém, pessoas tocadas por dores tão intensas, por experiências tão sofridas, que não conseguem evitar a sensação de que tudo de mau vai se repetir, de uma forma ou de outra, mais cedo ou mais tarde. Esse sentimento é ainda mais forte quando tudo vai bem e existe algo importante a ser perdido. Apaixonada e feliz, a pessoa começa a ser perseguida por seus medos. Sonha que vai ser abandonada, imagina que algo de errado vai acontecer com a pessoa que ama, sente, de maneira inexplicável, que aquilo de bom que ela tem está sob ameaça, e que não vai durar.

Esse é o medo causado pela felicidade.

Em alguns, ele está à flor da pele. Em outros, esconde-se sob outros sentimentos e se manifesta de forma subterrânea. Mas, como eu disse no início, acho que ninguém está livre da sensação secreta de desastre. Todos têm traumas. Todos passaram por momentos difíceis na infância, quando não éramos capazes de entender e de nos proteger. Muitos de nós, menos afortunados, sofreram perdas terríveis, precoces, que deixaram uma profunda sensação de desamparo. Essas coisas provocam marcas que se refletem na forma como lidamos com o amor e com a sensação de felicidade. Alguns, de forma leve e otimista. Outros, de maneira pesada e pessimista. É um traço de personalidade, uma consequência da história de cada um. A gente ama como vive, cada um à sua maneira.

Isso não quer dizer que as coisas não mudem e não possam se tornar melhores e mais fáceis.

A gente se acostuma com tudo, até com a sensação de felicidade. No início, ela nos apavora e desperta todos os medos e pressentimentos. Depois, a gente vai se habituando. Percebe que o fulano não vai sumir de uma hora para outra. Que as pessoas no trabalho não nos acham uma fraude. Que a família, os amigos, as relações sociais que construímos são sólidas e não vão desmoronar de uma hora para outra.

Com o tempo, enfim, a gente relaxa e a maldita sensação de precariedade enfraquece. De alguma forma, a gente se acostuma a estar feliz e a se sentir seguro. Amado também, o que é muito, muito importante. Em algum momento, a gente começa a desfrutar de nossa existência, e os medos recuam para segundo ou terceiro plano. Então um dia, numa manhã qualquer, diante da cafeteira fumegante, a gente talvez seja capaz de perceber — quem diria — que não está com tanto medo assim de ser feliz. Grande dia, esse, na história de nossa vida.

NOSSA TOCANTE PRECA-
RIEDADE NOSSA TOCAN-
TE PRECARIEDADE **NOSSA
TOCANTE PRECARIEDADE**
NOSSA TOCANTE PRECA-
RIEDADE NOSSA TOCAN-
TE PRECARIEDADE NOSSA
TOCANTE PRECARIEDADE
NOSSA TOCANTE PRECA-
RIEDADE NOSSA TOCAN-
TE PRECARIEDADE NOSSA
TOCANTE PRECARIEDADE
NOSSA TOCANTE...

É BONITO PERCEBER QUE PRECISAMOS DE GENTE FRÁGIL COMO NÓS.

Eu desisti da simplicidade das pessoas. Faz algum tempo, percebi que não há gente serena e bem-resolvida. Não neste mundo. Somos, na verdade, uma massa confusa e dolorosa de emoções em busca de expressão e equilíbrio. Permanentemente. A paz que a gente exibe ou que nos mostram é pouco mais que uma fachada. Ela não dura e não resiste. Por baixo da superfície calma há um mar turbulento, em cada um de nós.

É isso que se torna tão difícil viver com os outros, e tão desesperadamente necessário.

Sozinhos, nos perdemos em nossas dores e angústias, sufocamos nos nossos medos. O outro oferece referência, prumo, consolo. Feito da mesma carne confusa e latejante, ele está fora de nós. Não nos enxerga exatamente. Intui, mas não sabe o que nos habita. E isso é bom. Escolhemos contar a ele, mas não tudo. Dizer tudo é impossível. Nem sabemos. Mesmo assim, ele recebe nossa confusão na dele. Consola nossa dor com a dor dele. Mistura sua confusão na nossa. Assim formamos um casal.

Não é assim que aparece nos filmes, mas essa enfermaria com dois doentes me parece, cada vez mais, uma justa definição do amor.

Às vezes, temos a impressão de ser malucos num mundo de pessoas perfeitamente racionais. Dentro de mim mora um tumulto, mas ele e ela são calmos e bem-resolvidos. Mentira. A confusão é coletiva. O tumulto é universal. O mundo organizado a nosso redor, com faróis que abrem e fecham, com filas que andam e catracas que giram, é apenas uma tentativa desesperada — e bem-sucedida — de nos cercar de ordem e racionalidade. Na natureza original, não tinha isso. Em nossa natureza humana, também não tem.

Quando se ama alguém, quando se transpõe a distância imensa que separa um ser humano do outro, a gente começa a perceber que nossa precariedade também está no outro, que nossa ansiedade também vive nele, que a angústia que nos consome tem par na angústia dele. É uma tremenda lição de humanidade. Depois dela, nosso amor se mistura com pena, mas não dele. De nós mesmos, de todos que somos assim frágeis e perdidos, que precisamos tanto do outro.

Se a gente assume que o outro é tão complicado quanto nós, as coisas não ficam mais fáceis, mas se tornam mais densas e mais bonitas.

Em vez de acordar num comercial de margarina, onde tudo é perfeito mas nada é verdadeiro, a gente desperta enroscado num ser humano que teve sonhos terríveis e acordou assustado. De noite, a gente vai encontrar uma pessoa que está profundamente frustrada porque não sabe lidar com a agressividade da colega de trabalho. Quando ele fala com a mãe dele, quando ela fala com o pai dela ao telefone, fica triste ao invés de feliz. Acontece. As relações familiares de verdade são uma droga. É por isso que você está lá, para abraçar sua metade.

Esse é o momento em que a pessoa deixa de ser a personagem de uma história para os amigos e passa a ser um ser humano real, que ocupa sua intimidade, com capacidade de alegrar e arrebentar com sua vida.

Mas chegar a isso exige relacionamentos de verdade. É preciso ter confiança, milhagem, experiências comuns. Não adianta gostar de longe, não adianta transar de vez em quando. Não se entra no mundo dos outros apenas batendo na porta. Tem de estar lá quando chove e quando faz sol. Tem de estar lá. Ponto.

Muitos preferem não se envolver. Acham melhor ficar na superfície dos casos, em que todo mundo é simples, perfeito, bacana. Em que só há novidades e nenhum problema. É legal, mas também tem preço. Se despertar angustiada, uma pessoa assim vai estar sozinha — mesmo que durma alguém ao lado dela. Alguém que ela não pode chamar, abraçar, em quem não pode confiar. Alguém que, na verdade, já deveria estar dentro de um táxi há duas horas.

A (EX) MULHER DE MI-
NHA VIDA A (EX) MU-
LHER DE MINHA VIDA A
(EX) MULHER DE MINHA
VIDA A (EX) MULHER DE
MINHA VIDA A (EX) MU-
LHER DE MINHA VIDA A
(EX) MULHER DE MINHA
VIDA **A (EX) MULHER DE**
MINHA VIDA A (EX) MU-
LHER DE MINHA VIDA A
(EX) MULHER DE MINHA
VIDA A (EX) MULHER...

POR QUE A GENTE SÓ DESCOBRE QUE AMA DEPOIS QUE A PESSOA FOI EMBORA?

Vinícius de Moraes disse uma vez que as mulheres nunca são tão belas quanto no momento em que vão embora. É uma frase bonita que descreve uma situação triste — os homens, costumeiramente, esperam as mulheres partir para descobrirem, logo depois, que cometeram um erro terrível. A mulher que foi embora se transforma, instantaneamente, na mulher da vida deles, única e insubstituível.

As mulheres conhecem essa história de cor e salteado. Converse com qualquer uma delas e você vai descobrir que o homem bumerangue está na área desde que elas têm 14 anos. O sujeito enjoa do namoro, começa a tratar a moça mal e dá um pé na bunda dela — ou leva, depois de repetidas desatenções. Dias depois, porém, ou mesmo horas depois, lá está o mesmo cidadão ao telefone, transtornado, pedindo para voltar e usando expressões definitivas como "eu te amo", "não sei viver sem você" e, claro, a melhor de todas, "você é a mulher de minha vida".

Quem nunca fez esse papelão levante a mão!

Muitos já fizeram, mas há muitos que transformam esse comportamento errático em modo de vida. Eles estão sempre apaixonados por uma de duas mulheres — aquela que já foi embora ou aquela que ainda não apareceu. A mulher do agora, com quem ele dorme, viaja e vai ao cinema, essa nunca é tão bacana. Mas basta ela se cansar do enfado dele e retirar o time de campo para se tornar, instantaneamente, a mulher mais linda e mais desejada do mundo — a (ex) mulher da vida dele.

Já ouvi dezenas de amigas me perguntarem, ao decorrer dos anos, sobre o que passa na cabeça dos homens que agem assim. Em nossa cabeça, afinal. Eu não sei. Meu melhor palpite é que se trata de uma terrível ilusão romântica. Ela desloca a felicidade para outro momento da vida, diferente do agora. Produz insatisfação crônica. Quando está no modo nostálgico, o sujeito imagina que o melhor ficou para trás: a ex é que era engraçada, bacana, a melhor foda do universo. No outro modo, o futurista, o sujeito se põe a fantasiar furiosamente sobre uma nova mulher, que ele acaba de conhecer. Ela, sim, bonita desse jeito, divertida, poderá fazê-lo feliz pelo resto da vida!

Cientistas que estudam o otimismo humano dizem que muitas pessoas acreditam, sem razão objetiva, e muitas vezes contrariando as evidências, que a vida vai lhes dar coisas cada vez melhores. Amor, inclusive. Talvez esses tipos que estão sempre olhando para o futuro, à espera de uma pessoa melhor, sejam apenas otimistas incorrigíveis. Ou tolos. O que é o otimismo sem fundamento senão uma espécie esperançosa de burrice?

Escrevo sobre homens porque esse comportamento inquieto parece ser mais comum entre nós, mas as mulheres não estão livres dele. Com o fim das convenções sociais que as obrigavam a serem fiéis e bem-comportadas — mulher de um homem só, pela vida toda —, elas também começam a agir como Don Juan, o sedutor serial da literatura: olham, querem, seduzem, se decepcionam, começam a sonhar de olhos abertos, terminam o relacionamento, começam tudo de novo. Feito homem. Foram contaminadas pela inquietação do amor perfeito.

Muita gente acredita que essa insatisfação permanente é a única forma real da existência humana. Dizem que relações e sentimentos duradouros seriam, na verdade, uma violência contra nossa natureza de bichos. Afinal, não estamos sexualmente interessados em outras pessoas o tempo inteiro? Se fôssemos honestos, afirmam, teríamos de admitir que nosso desejo é múltiplo e está sempre à procura do próximo objeto. Por isso, não deveríamos estabelecer relações de exclusividade com ninguém.

Eu não vejo as coisas desse modo.

Acho que podemos escolher entre viver de forma autoindulgente, correndo atrás de nosso desejo insaciável, ou negociar com ele. O relacionamento é um espaço negociado. Eu e você decidimos que estaremos aqui dentro, juntos, sabendo que uma parte de nós gostaria de estar lá fora, na pluralidade. Mas, lá fora, você e eu sabemos, há sempre uma vontade enorme de estar aqui dentro. Então ficamos, apertamos nossos vínculos, e desfrutamos de nossa rica intimidade, nos privando de muitas coisas que gostaríamos de tentar, embora não necessariamente de todas. Se o esforço para ficar aqui dentro se tornar grande demais, caímos fora. E começamos de novo, com muita dor.

Acho essa uma proposição honesta e realista, romântica de uma maneira moderna. Ela é melhor, a meu ver, do que a ilusão de que o grande-amor-definitivo-e-arrebatador surgirá a qualquer momento, e, por isso, devemos estar emocionalmente livres para recebê-lo, sem nos envolver de forma profunda com ninguém no presente. É melhor, também, do que a sensação de que a mulher que deixamos partir (ou o homem que escolhemos deixar) era a única que tinha o poder de nos fazer felizes.

Sei que isso é um clichê miserável, mas o fato é que não existe uma pessoa que nos fará magicamente felizes. A tal felicidade, se existe, depende de nós. Nós deveríamos ser capazes de escolher e ficar contentes com a pessoa que escolhemos. Ou, se não for esse o caso, ao menos deveríamos estar contentes com o estilo de vida desprendido que adotamos. Tudo aqui e agora. Não adianta ser feliz no ontem, que já passou, ou no amanhã, que talvez nunca venha.

QUERIDOS NOIVOS, QUERIDOS
NOIVOS, QUERIDOS NOIVOS
QUERIDOS NOIVOS, QUERIDOS
NOIVOS, QUERIDOS NOIVOS
QUERIDOS NOIVOS, QUERIDOS
NOIVOS, **QUERIDOS NOIVOS**
QUERIDOS NOIVOS, QUERIDO
NOIVOS, QUERIDOS NOIVOS
QUERIDOS NOIVOS, QUERIDO
NOIVOS, QUERIDOS NOIVOS
QUERIDOS NOIVOS, QUERI
DOS NOIVOS, QUERIDOS NOI
VOS, QUERIDOS NOIVOS,...

O que traz vocês aqui, neste dia único, é a forma mais bonita de esperança: a de que o amor, que hoje liga vocês tão profundamente, resista ao tempo e aos problemas e os mantenha unidos pelo resto da vida. Desejando, respeitando e fazendo planos juntos. É isso que significa o casamento: a reafirmação de um sentimento sobre as circunstâncias, a oposição de um propósito à desagregação. Não se trata de uma aspiração pequena num mundo em que tudo se mostra transitório e perecível. A muitos, a intenção de permanecer casado parecerá utópica e impossível. Mas isso é bom. Que as utopias, tão em falta no planeta, comecem por nossa vida e se espalhem. Que elas se mostrem possíveis.

O fundamento essencial do casamento vocês trouxeram consigo. É o amor profundo, alimentado por corpos que se desejam e mentes que se atraem. Esse amor misterioso, cuja origem jamais se entenderá perfeitamente, é a pedra invisível sobre a qual se ergue a relação de vocês. Quanto maior o amor, quanto mais sólido, maior a base de sustentação do casamento. Lá adiante, quando os dias difíceis surgirem, quando as circunstâncias se tornarem ásperas, vocês extrairão alento e paciência dessa base de amor, como quem tira dinheiro do banco numa crise.

Há quem acredite em casar-se sem amor, como se o casamento fosse uma aventura inconsequente ou um mero arranjo societário. Seria uma forma de ter companhia, pagar as contas, fazer filhos saudáveis. Eu jamais recomendaria. O convívio de longo prazo apresenta tantos desafios, a vida dos casais pode ter momentos tão frustrantes que, sem uma base sólida de amor, não há como dar certo. Quer dizer: pode funcionar por algum tempo, se as circunstâncias forem favoráveis. Mas, na primeira crise, na segunda dificuldade, as pessoas começarão a se perguntar por que, afinal, precisam passar por aquilo. Não seria mais fácil atravessar a porta e começar tudo de novo, sozinhas?

Lembrem: vivemos tempos de individualismo. Somos incentivados, desde crianças, a procurar apenas satisfação e realização pessoal. A vida parece uma cabine onde só cabe um. Nas grandes e nas pequenas coisas, pensamos apenas em nós. É por isso que o amor é essencial. Ele fornece um antídoto natural contra o egoísmo, incentivado a cada momento pela sociedade à nossa volta. Nesse cenário de triunfo do indivíduo, o amor tem algo de subversivo. Pelo menos em relação à pessoa que eu amo, exerço sem receio a generosidade. Ao menos com ela, empenho sem hesitação minha solidariedade. Por ela eu ficarei na cozinha fazendo comida, em vez de me atirar no sofá. Por ela abrirei mão do passeio de fim de semana para pintar a casa. Por ela usarei, sem remorso, o dinheiro que juntei trabalhando. É para o pagamento de um sonho comum. O amor nos predispõe a fazer pelo outro como se fosse por nós mesmos. O casamento é o contexto onde isso acontece.

Muitos dirão, com alguma razão, que não é preciso casar-se para desfrutar disso tudo. Olhem em volta: as pessoas estão vivendo juntas sem nada disso. Sem festa, sem papéis, sem religião e mesmo sem família. Hoje em dia é possível. Logo, se me perguntarem "por que casar", eu diria: para satisfazer um desejo. Porque vocês querem que seus amigos e suas famílias estejam ao redor nesse momento importante para vocês. Porque desejam fazer um gesto público, uma declaração lavrada em cartório de amor e compromisso. Porque acreditam que a cerimônia (por seu significado afetivo e simbólico, não por seu preço ou suntuosidade) contribuirá, de alguma forma, para o início alvissareiro da jornada que iniciam. Os rituais e celebrações existem há cinquenta mil anos na história humana por algum motivo.

Não se esqueçam, ao sair em lua de mel, de carregar na mala as convicções que os levaram ao casamento. Elas serão necessárias. Os sentimentos amorosos de vocês são fundamentais, o apoio social e familiar que esta cerimônia reúne também é. Mas, sem a determinação profunda de fazer com que o casamento dê certo, eles de nada adiantarão. Como tantas coisas na vida civilizada, a união de vocês é uma escolha quase antinatural. Ela vai contra os impulsos da natureza (que talvez os preferisse soltos por aí, livres de restrições sexuais), ela não é ajudada pelo profundo egoísmo (que o amor reduz, mas não elimina), ela não conta com a ajuda do tempo, que tem a tendência a retirar das coisas parte de seu encanto inicial. Contra essas adversidades, é preciso opor a surda determinação das convicções. Ela, e apenas ela, servirá de apoio quando tudo mais estiver faltando. Em alguns momentos, que não serão poucos, apenas a bem fundada teimosia de vocês fará com que o barco siga adiante — não porque tem de seguir, não porque outros desejam que siga, mas porque vocês apostarão que, lá na frente, haverá um porto seguro, um recomeço, um novo horizonte. Navegar, então será preciso.

Das alegrias da vida de casal nem é preciso falar. Elas estarão lá, como um presente esperando para ser aberto: a companhia constante do outro, as delícias da cumplicidade, o gosto de construir a vida juntos. Filhos, quem sabe. Os prazeres do sexo não podem ser subestimados — e nem devem ser exageradas as agruras da ausência do sexo temporária. Isso acontece nos casamentos, e passa. Cuidado com os amigos que parecem felizes demais. Eles podem estar mentindo. Cuidado com a histeria da perfeição também. Cada um de nós foi exposto a incontáveis horas de lixo no cinema e na TV. Tendemos a medir nossa vida com a régua da ficção. A realidade dos casais não é como "Sex and the city". Ela é mais rica, mais longa. Oferece possibilidades e permite mudanças e variações. E vocês, ao contrário de qualquer personagem, são donos de seus destinos. Juntos, unidos, podem fazer o melhor de vocês mesmos. São adultos, estão casados, a vida que começa aqui não tem limites — exceto aqueles que o destino e vocês mesmos estabelecerem. Boa sorte.

O QUE A GENTE AMA, EXA-
TAMENTE? O QUE A GEN-
TE AMA, EXATAMENTE? O
QUE A GENTE AMA, EXA-
TAMENTE? O QUE A GEN-
TE AMA, EXATAMENTE? O
QUE A GENTE AMA, EXA-
TAMENTE? **O QUE A GEN-**
TE AMA, EXATAMENTE? O
QUE A GENTE AMA, EXA-
TAMENTE? O QUE A GEN-
TE AMA, EXATAMENTE? O
QUE A GENTE AMA...

SÃO AQUELES OLHOS BONITOS, A CONVERSA OU A POSIÇÃO SOCIAL DO OUTRO QUE NOS FASCINA?

Lendo os contos de fada, aprendemos que o amor funciona por similaridades. O belo atrai o belo, o rico atrai o rico, e o bom, naturalmente, atrai o bom. Na vida real, as coisas nunca foram assim, mas nossa percepção prefere ficção à realidade. Ainda achamos bonito casais homogêneos — belo com belo, pobre com pobre, branco com branco — em vez de casais que misturam referências. É por isso que os comerciais de margarina insistem em mostrar papai e mamãe bem clarinhos, com um monte de crianças loiras. Pela mesma razão, os bancos interessados em atrair a nova classe média fazem comerciais com casais de jovens negros. Mesmo no país da miscigenação, a organização de famílias por cores nos parece perfeitamente natural. Ainda vivemos o conto de fadas.

A verdade, porém, é que não há nada natural e simétrico na forma como as pessoas se acasalam.

Homens e mulheres são atraídos entre si por razões muito mais variadas do que semelhança e proximidade. Beleza e força de caráter, as duas qualidades que tornam alguém obviamente atraente, não se restringem a nenhum grupo social ou racial particular. Nas ruas das grandes cidades, onde se mistura todo tipo de gente, é possível encontrar a beleza em diferentes formatos. Quando se trata de caráter, basta conversar com as pessoas na rua para perceber, rapidamente, que personalidades variam mais do que nariz e cabelo. Algumas são insuportáveis, outras sedutoras — e isso independe de classe social. Dinheiro e instrução não transformam gente chata em pessoas agradáveis. Nem a pobreza (se não for extrema e debilitante) suprime o charme de quem tem brilho pessoal.

O corpo e a mente constituem a essência do que nós somos. É o que sobra de nós quando estamos nus, deitados no escuro em companhia de alguém. A dobradinha de físico e caráter é o que as pessoas levam para cama ou, pelo menos, é com isso que acordam. Mas há mais do que isso nas relações entre nós.

Como bichos sociais, aquilo que fazemos publicamente se incorpora à nossa imagem e passa a fazer parte do que somos. É por isso que um gordo cinquentão, careca e casado pode ser irresistível para a jovem que o admira profissionalmente. Assim como o político ególatra e feioso vai parecer fascinante a quem for sensível à sua aura de poder. As pessoas costumam desdenhar o fascínio da posição social, associando-a ao comportamento de gente interesseira, mas, novamente, não é tão simples. Admiração parece ser um fator importante na formação de muitos casais. Ela é capaz de derrubar barreiras fortes em nossa cultura, como a idade.

Lembrem de Charles Chaplin e Pablo Picasso. Os gênios do cinema e da pintura do século XX ficaram famosos pelo envolvimento com mulheres mais jovens, imensamente devotadas a eles. Uma das mulheres de Picasso enlouqueceu depois de separar-se dele, outra se matou após sua morte. A última mulher de Chaplin — 35 anos mais nova, com quem ele teve oito filhos — foi sua companheira até o dia de sua morte, em 1977. Não há dinheiro ou privilégio que compre esse tipo de lealdade. Em 2011, houve o episódio de Wendi Deng, então mulher do magnata australiano Rupert Murdoch. Ela saltou sobre o sujeito que jogara uma torta na cara do marido dela, 37 anos mais velho, durante uma audiência no Parlamento britânico. Não é o tipo de reação visceral que se espera de uma simples arrivista.

O que a gente ama, afinal, em quem amamos: são os olhos bonitos, as ideias ou a posição social? Provavelmente, tudo isso.

Quando se aproximam, quando nos conhecem, as pessoas fazem uma ponderação inconsciente entre aparência, caráter e posição social. A média dessas três coisas expressa alguma coisa como nossa atratividade média, que não é a mesma para qualquer um. Certas pessoas, homens e mulheres, são fascinadas pela aparência dos parceiros. Para elas, servem apenas os jovens e bonitos. Outros se vinculam ao caráter e ao temperamento do companheiro. Aparência e projeção social são secundárias. Há também, claro, aqueles que não resistem ao apelo da fama e do poder, ou da riqueza e do *glamour*. Para eles foi feita a frase que diz que o dinheiro compra tudo, inclusive amor sincero.

Não faz muito sentido brigar contra essas coisas. Elas estão conosco há muito tempo. Se o sujeito é um artista conhecido, um empresário de sucesso ou um futebolista milionário, atrairá mais gente que um homem comum. É inevitável. Mil anos antes de Cristo, os atletas gregos já causavam furor entre homens e mulheres. As fãs do pianista húngaro Franz Liszt se atiravam sobre ele no século XIX como as atrizes famosas de Hollywood se entregavam sem hesitar ao assédio de John Kennedy, o galante presidente americano morto em 1963. Não há nada de errado nisso — exceto a falta de oportunidade que impede a maior parte das crianças de desenvolver seus talentos e se tornar alguém famoso, rico ou influente.

Muita gente acha que as influências materiais conflitam com a ideia do verdadeiro amor. Eu não acho. Penso, na verdade, que nossa concepção de amor ainda é muito idealizada. Acredito que ela tem muito da visão medieval dos contos de fada, em que a nobreza do amor parecia reservada aos príncipes, aos belos e aos puros. Nós não somos belos, nem puros e certamente não somos príncipes, ainda assim vivenciamos o amor diariamente, na forma plebeia e mundana que nos cabe. Nela, o desejo pelo corpo e pela alma do parceiro mistura-se a todos os outros desejos — de fama, de consumo, de conforto — que fazem de nossa vida o que ela é. Mudar isso implicaria transformar profundamente o mundo — algo que não está descartado, mas que dá muito mais trabalho do que ler um conto de fadas.

BONITAS, CHEIROSAS E SO-
ZINHAS BONITAS, CHEIRO-
SAS E SOZINHAS **BONITAS**
CHEIROSAS E SOZINHAS BO-
NITAS, CHEIROSAS E SO-
ZINHAS BONITAS, CHEIRO-
SAS E SOZINHAS BONITAS,
CHEIROSAS E SOZINHAS BO-
NITAS, CHEIROSAS E SO-
ZINHAS BONITAS, CHEIRO-
SAS E SOZINHAS BONITAS,
CHEIROSAS E SOZINHAS BO-
NITAS, CHEIROSAS E...

POR QUE SOBRAM TANTAS MULHERES NO FIM DA FESTA?

Estou me acostumando a ver mulheres sozinhas a meu redor. Não apenas mulheres sentadas no cinema ou lendo num café, em paz com elas mesmas. Penso em mulheres sem companhia masculina, em situações em que elas gostariam de ser cortejadas, mas não são.

Outro dia fui a um casamento. Havia na festa muita gente avulsa. As mulheres dançavam e olhavam ao redor, procurando companhia. Eram mulheres bonitas, cheirosas e bem-arrumadas, a maioria delas com menos de trinta anos. Sozinhas. Onde estavam os homens? Acompanhados, muitos. Bêbados e desinteressados, outros. Ou superados em números pela quantidade de mulheres disponíveis.

Eu me pergunto o que isso significa.

Festas de casamento eram bons lugares para arrumar namoro, ou pelo menos um rolo que valesse a pena. As pessoas costumam estar embriagadas e felizes. Mulher adulta não vai sem depilação a esse tipo de evento. Os homens já saem de casa mal-intencionados. Mesmo que a família esteja olhando, pode rolar um romance gostosinho. Por que, então, tanta mulher atraente dando sopa inutilmente?

Às vezes, eu tenho a impressão de que o mecanismo que regula a oferta de sexo e de afeto em nossa sociedade emperrou.

Obviamente há muito sexo e muito romance por aí, mas a quantidade de gente sobrando é alta — e não são apenas mulheres. Conheço homens bacanas que não transam há meses. Eles saem, frequentam, xavecam, mas não rola. Podem ser casos isolados, mas eu duvido. Da festa de casamento deve ter saído mais de um sujeito macambúzio e rejeitado. As mulheres, afinal, estão disponíveis, mas não para qualquer um.

Quando todos se tornam superficiais e exigentes, acho que as mulheres sofrem mais.

Elas estão em desvantagem nesse tipo de disputa. São mais tolerantes com a aparência e a idade dos homens. Sãos mais flexíveis em seus critérios sociais. Enquanto elas se deixam seduzir por caras interessantes, mesmo que não se encaixem nos padrões de aparência e sucesso, boa parte dos homens continua apegada a dois critérios de escolha rígidos: beleza e gostosura. As mulheres que melhor preenchem esses requisitos escolhem os homens que desejam, inclusive fora do padrão. As outras, se não tiverem muita personalidade, correm o risco de dançar sozinhas.

Não há uma solução óbvia para esse tipo de desencaixe.

Com sorte, seremos capazes de perceber, em algum momento da existência, que correr atrás de padrões que todo mundo quer é uma tolice. Cada um de nós é tão específico, tão diferente dos demais. É impossível que um único modelo de beleza, personalidade ou sensualidade sirva a todos. Uma pessoa que nos preencha é mil vezes mais difícil de encontrar que um bom sapato. Tem de encaixar temperamento, química corporal, ideias, grupo social, desejos para o futuro, neuroses.

Como pode aquela menina boba e bonita da televisão ser a mulher da vida de cinquenta milhões de homens? Como o sedutor da faculdade pode ser o cara certo para todas as mulheres ao redor dele? Isso, obviamente, não existe. Quem andar pela vida de olhos abertos vai notar: os encaixes são pessoais. Às vezes, tremendamente exóticos.

Coletivamente também se aprende.

Uma sociedade não produz desencaixes indefinidamente. Se muita gente começa a sobrar, alguma coisa está errada, com os valores ou com as relações sociais. O mundo já foi organizado de forma que servia, sobretudo, ao propósito dos homens. Hoje não é mais assim. Se as mulheres sentirem que a sociedade as está prejudicando, vão parar de cooperar. Isso não pode. Nós sabemos que nada neste mundo funciona sem as mulheres — sobretudo boas festas de casamento.

HOMENS APRENDEM HO-
MENS APRENDEM HOMENS
APRENDEM HOMENSAPREN-
DEM HOMENS APRENDEM
APRENDEM HOMENSAPREN-
DEM **HOMENS APRENDEM**
HOMENS APRENDEM HO-
MENSAPRENDEM HOMENS
APRENDEM HOMENSAPREN-
DEM HOMENS APRENDEM
HOMENS APRENDEM HO-
MENS APRENDEM HOMENS
APRENDEM HOMENS...

COM O TEMPO E A EXPERIÊNCIA, MESMO OS LERDOS DESCOBREM — UM DIA — O PRAZER DA RECIPROCIDADE.

A vida parece curta para o ritmo em que a gente aprende. Demora uma eternidade para que coisas óbvias se apresentem diante de nós em sua clareza elementar. Perdemos décadas de nossa existência no interior de uma grossa névoa de burrice emocional. É somente na virada dos quarenta anos, às vezes dos cinquenta, que a luz atravessa as nuvens. Não é tarde, mas é uma pena. Se a compreensão viesse antes, talvez a vida fosse melhor.

Falo por mim, naturalmente.

Haverá quem tenha entendido o mundo desde cedo. Deve haver gente extraordinária que percebe — aos 15, aos vinte anos, talvez aos trinta — que é impossível ter tudo ao mesmo tempo e que a arte da renúncia antecede o gozo. Alguém deve ter percebido, antes de ter cabelos brancos, que comprometer-se (pro-fun-da-men-te) é parte da experiência de ser feliz. Comigo não foi assim.

Falo de homens, claro.

Eles se debatem no interior dos relacionamentos como se estivessem se afogando. A mulher é bacana, a vida é boa, o sexo flui como música de câmera — mas o sujeito soçobra em ansiedade, incapaz de aquietar-se. Seu desejo se multiplica em todos os sorrisos, todos os cabelos, todo quadril largo ou estreito que passe requebrando. Ele muitas vezes nem faz sexo além da cerca, mas sua fidelidade se restringe ao sentido forense da palavra — não há contato físico, mas sobra imaginação e sofrimento, com terríveis consequências.

A relação verdadeira, que começara apaixonada, vai murchando. A sombra da tristeza invade a casa dele, a cama dele, o sorriso da mulher dele. Mas ele não sabe que precisa opor-se a isso. Acredita que o amor tem de brotar pronto e perfeito, sem esforço. Assim, ele desiste. Deixa rolar, broxar, o sentimento esvair-se. É um espontaneísta, afinal. Ou uma anta, como perceberá logo depois. Mas então o barco já terá virado.

No fundo, eu temo, ele queria que desse errado.

Estar casado (ou estar junto, ou ter alguém) era um estorvo. Havia muita coisa acontecendo, e ele nunca renunciara. O casamento, (o namoro, a relação) sempre lhe parecera provisório. Tinha vergonha de fazer planos. Sentia-se numa farsa em que faltava algo. Ele achava que era amor. Anos depois, descobriu que era maturidade, comprometimento, empenho. Dele. Não sabia que era preciso dar-se. Talvez nem soubesse como. Criatura bruta e triste, cheia de fome.

Ainda bem que o tempo existe.

Com ele, aprende-se a importância das coisas. Com a soma das experiências repetidas, mesmo um sujeito lerdo — e são quase todos — entende que é preciso cuidar da mulher que ele ama. Não apenas como um objeto de prazer que pode irritar-se e partir. Não apenas como algo que ele pode perder. Mas como uma parte essencial da vida dele, que tem de ser preservada e aprimorada. Com o tempo e com boa vontade, o sujeito aprende a reciprocidade. Mas leva tempo.

UMA CIDADE? VOCÊ É UMA

CIDADE? VOCÊ É UMA CI

DADE? VOCÊ É UMA CIDA

DE? VOCÊ É UMA CIDADE

VOCÊ É UMA CIDADE? VOC

É UMA CIDADE? VOCÊ

UMA CIDADE? VOCÊ É UMA

CIDADE? VOCÊ É UMA CI

DADE? VOCÊ É UMA CIDA

DE? VOCÊ É UMA CIDADE

VOCÊ É UMA CIDADE? VOC

É UMA CIDADE? VOCÊ

UMA CIDADE? VOCÊ É...

OU APENAS UM QUARTEIRÃO VAZIO, VARRIDO PELO VENTO?

Quem gosta de viajar talvez já tenha pensado nisso: as pessoas são como cidades. Quando nos envolvemos com elas, quando passamos a conhecê-las intimamente, é o equivalente a caminhar sem mapa por ruas nas quais nunca pisamos, por bairros que não sabíamos existir. O prazer desse passeio inaugural é irreproduzível. Você poderá voltar às mesmas ruas muitas vezes, deve fazê-lo na verdade, mas nenhum outro momento terá a surpresa daqueles instantes iniciais, quando os olhos são puros e o coração é virgem outra vez. Pode-se amar uma cidade a vida inteira, mas é impossível descobri-la duas vezes.

A imagem das pessoas como cidades me ocorreu na semana passada, enquanto conversava com uma amiga que está redescobrindo o mundo. Falávamos de novos relacionamentos, sobre a luz fresca que eles despejam sobre nossa vida, de como nos despertam a totalidade dos sentidos. Então surgiu a ideia de que as pessoas são como cidades ensolaradas e coloridas — às vezes sombrias e chuvosas — que vão sendo exploradas à medida que as conhecemos. Ou à medida que consintam em ser devassadas.

Se eu olhar para o passado — e você para o seu —, descobrirei ter passado por diferentes geografias humanas.

Havia uma moça, aos 19 anos, que era uma tempestade em movimento. Enquanto estivemos juntos, eu descobria, a cada passo, ruas sombrias que me assustavam, placas com direções contraditórias, terrenos abandonados e hostis. Na cidade que era ela, quanto mais eu andava, mais perdido me sentia. Consegui espantar o medo do que via em troca do prazer de estar ali, mas isso não foi suficiente. Antes que eu tivesse tempo de fazer um mapa, de ensaiar a mais elementar das compreensões, ela se foi. Só fui revê-la anos depois, ainda impenetrável, ainda perturbadora.

Com o passar do tempo, eu, que me julgava um amante da sombra, descobri os prazeres da luz — e o fascínio daquilo que é, ao mesmo tempo, transparente e intraduzível.

Uma mulher de imensa delicadeza entrou em minha vida e a encheu de sol. Mais que uma cidade, ela me pareceu um país inteiro. Andei tanto por suas ruas, me perdi tanto descobrindo, que não notei que havia ficado sozinho. Tive de deixar a cidade que eu amava e aquilo foi como um exílio. Passaram-se anos antes que eu encontrasse outra pessoa tão marcante, outra cidade tão nova e diferente da minha, outro lugar de onde não queria me afastar. Explorei essa nova cidade com a urgência de quem nunca vira nada semelhante, arfando e rindo, tomado pela alegria e o colorido do que ia percebendo. Nunca me senti tão acolhido, nunca fui tão feliz. Mais que uma cidade, havia uma festa a meu redor. Quando, ao final, as luzes se apagaram, eu havia me tornado outro homem — suavizado pela experiência tranquila do amor, capaz de entender, finalmente, o que me cabe e o que me completa.

Como sabem os amantes das viagens, uma cidade leva a outra. Explorar é explorar-se. Conhecer é conhecer-se. Cada experiência nos prepara para a outra. Cada mudança antecipa a outra que está por vir. Assim, aos trancos, cheguei à cidade onde me encontro. Não a havia antecipado. Quando a vi, me pareceu tão linda que não me cabia, mas fui ficando, como um usurpador ou um clandestino. Tornou-se meu lugar. Às vezes descubro uma esquina nova, de vez em quando me perco à beira do rio. Fico, gosto do que conheço, sinto que há muito mais a descobrir. Percebo, meio encantado, que esta cidade cresce à frente de meus passos, a meu redor, comigo. Há nela algo de inesgotável que reage a mim. É a minha cidade. Cuido dela, que me faz feliz.

Minha amiga me faz notar, porém, que nem todas as pessoas são cidades. Algumas serão vastos continentes gelados. Outras, apenas becos sem saída.

Posto diante dessa imagem poderosa, pergunto-me quem sou eu. Um quarteirão deserto e árido? Uma praça com bancos coloridos? Uma cidadezinha preguiçosa plantada num vale? Uma metrópole à beira-mar, varrida pelo vento e pela sirene dos navios? Eu não sei. Não sabemos, na verdade. E nem nos cabe dizer. Na verdade, temos de ser descobertos, nomeados e mapeados. É pelo olhar amoroso do outro que nos revelamos. É no olhar do outro que nos reconhecemos. Como uma cidade. Um país. Um mundo que o outro queira habitar — e transformar em lar.

"AQUELA VACA!"

QUEM SÃO AS MULHERES QUE AS MULHERES ADORAM ODIAR?

Já sofri um bocado por causa da palavra vaca. Eu teria seis ou sete anos e usei esse infausto substantivo para me dirigir à minha irmã mais velha, que já era uma adolescente. Eu a chamei de vaca como poderia ter chamado de cabra, abelha ou aliá, a fêmea do elefante. Era apenas um bicho, minha maneira de dizer que achava ela uma tonta ou algo assim. No meu limitado vocabulário de menino, a palavra não tinha qualquer outro sentido. Mas, no mundo dos adultos, tinha. Aprendi, nos minutos seguintes, assustadíssimo, que vaca era um insulto feio, carregado de conotações que eu não poderia adivinhar nem entender. Minha mãe severa e estressada entendeu que era dessa outra vaca imaginária que eu chamara sua filha — e me puniu, sem que eu compreendesse por quê, com um dia de castigo e a destruição de meu álbum de figurinhas. Pedagogia Castelo Branco dos anos sessenta. Desde então, e por muitos anos, toda vez que viajava ao interior eu me enchia de melancolia e incertezas aos ver vaquinhas pastando à beira da estrada. Pensava comigo: vacas desgraçadas, seja lá o que vocês forem!

Por uma dessas voltas que a língua portuguesa dá, aquele significado misterioso da palavra vaca tornou-se, quarenta anos depois, em minha urbana vizinhança, o único que eu realmente escuto. Das fêmeas bovinas que produzem leites e bezerros eu nunca ouço falar, mas as vacas simbólicas entraram de chifre e tudo no dialeto cotidiano. "Aquela vaca!" — assim mesmo, com ponto de exclamação — tornou-se um jeito comum de as mulheres que eu conheço se referirem às mulheres de quem elas não gostam. Quer dizer, boa parte das outras mulheres. Quando elas dizem "aquela vaca!" podem estar se referindo à colega de trabalho dela, à colega de trabalho do marido dela, à vendedora que foi gentil com o namorado dela, à moça do bar que olhou para ele sem desviar os olhos e — claro — à mulher que a fechou no trânsito, à vizinha que ouve música alta e até mesmo àquela candidata que se finge de coitada mas, na verdade, é bem espertinha: "vaca!"

Embora o insulto seja elástico e possa ser usado em diferentes contextos, a sua essência emocional parece estar ligada à territorialidade e à lealdade. No passado, os dicionários diziam que vaca é um termo chulo que designa a mulher que aceita qualquer homem. Hoje em dia, vaca é a mulher que invade o território afetivo e profissional da outra, assim como a amiga que trai sua confiança. A frequência com que a palavra vem sendo empregada sugere que as mulheres brasileiras sentem-se invadidas e traídas o tempo todo. Fica a impressão de que a competição real ou imaginária entre elas está aumentando. Por isso assistimos ao milagre da multiplicação verbal das vacas, com ou sem plural. "É tudo vaca", dizia a moça no bar, furiosa, contando às amigas sobre as fulanas que estariam dando em cima do namorado dela.

Sem ter qualquer simpatia especial pelas vacas, eu observo essa fúria retórica com alguma suspeita. Acho que existe, na cultura feminina, um componente perverso em relação às próprias semelhantes. As mulheres são inimigas terríveis de outras mulheres. Enxergam invasões, provocações e afrontas em situações em que os homens não percebem nada. No trabalho e na vida privada. Talvez sejamos toscos na observação de sutilezas sociais, mas pode ser também que as mulheres sejam paranoicas em relação umas às outras. E extremamente possessivas em relação ao que consideram seu território.

Outro dia, uma amiga me contou que foi a uma loja trocar peças de roupa que ganhara de presente do marido. Já estava irritada com ele (e com o mundo) porque o vestido e as calcinhas haviam ficado apertados. Ao fuçar na caixa de calcinhas, em busca de outras que lhe agradassem, ouviu a vendedora comentar: "Ele gosta de azul." Pronto! Minha amiga fechou a cara e a vendedora, que também é mulher, percebeu a mancada. "Ele me disse que gosta de azul", tentou consertar. Outra cara fechada, acompanhada de olhinhos sibilantes que pareciam perguntar: "Ah é? O que mais meu marido contou, agora que vocês são íntimos?" À noite, em casa, o marido da amiga ouviu um relato minucioso e feroz do comportamento da vendedora: "Aquela vaca!"

Ainda mais incompreensível – de meu ponto de vista – foi o debate que eu presenciei durante uma festa recente. Uma jovem amiga minha comentava, em tom indignado, que sua melhor amiga, ainda mais nova que ela, telefonara para o primo mais velho dela, tarde da noite, para jogar um charme. A moça estava sendo esnobada por um sujeito e fora atrás do primo da outra, já maduro, com a desculpa de chorar as pitangas e pedir conselhos. O primo atendeu a garota, fez meia dúzia de recomendações práticas e mandou-a dormir. Para mim, nada de anormal. Para o primo, também não. Mas, para a mulherada que ouvia a história, não havia qualquer dúvida: "Vaca!" Como assim, ligar para o primo da amiga sem avisá-la? Queria o quê, usá-lo para levantar o moral combalido? A tal garota deve ter ficado com as orelhas ardendo.

O que me espanta nessas histórias é o rigor do julgamento. A vendedora parecia estar tentando ajudar, e a garota só queria a atenção de alguém mais velho. Mas ambas invadiram o sagrado território alheio, por isso viraram vacas. Acho isso um excesso. Os americanos, que não podem ser acusados de politicamente incorretos, chamam essa forma de agir de *bitchness* – a tendência das mulheres a julgar, criticar e prejudicar ativamente outras mulheres. Pesquisas acadêmicas identificaram esse comportamento e concluíram que ele atrapalha o conjunto da categoria. Como as mulheres vão subir na carreira e na sociedade se desconfiam umas das outras e gastam tempo e energia duelando entre si? Não há segurança para ninguém num mundo povoado por vacas.

De minha parte, acho tudo um equívoco. Embora o lado ofídico das mulheres possa ser engraçado, prefiro aquele outro, fraterno e maternal. Ele não obriga as mulheres a ser boazinhas, mas inibe a agressividade desnecessária e contribui para um planeta mais feliz. Se pudesse escolher, ficaria com um mundo em que as vacas fossem apenas a mulher do boi, como dizem as crianças. A outra vaca nem existiria. Eu seria poupado de um trauma de infância, e milhões de mulheres deixariam de ser injustamente chamadas de vacas.

UMA CRIANÇA DA DITADU-
RA UMA CRIANÇA DA DI-
TADURA UMA CRIANÇA DA
DITADURA UMA CRIANÇA
DA DITADURA UMA CRIAN-
ÇA DA DITADURA UMA
CRIANÇA DA DITADURA **UMA**
CRIANÇA DA DITADURA UMA
UMA CRIANÇA DA DITADU-
RA UMA CRIANÇA DA DITA-
DURA UMA CRIANÇA DA DI-
TADURA UMA CRIANÇA DA
DITADURA UMA CRIANÇA

VIVÍAMOS NOSSOS ANOS DOURADOS, ALHEIOS ÀS TREVAS QUE CERCAVAM A VIDA DOS OUTROS.

Em 1964, no dia em que os militares derrubaram o presidente João Goulart — um gaúcho de jeito tranquilo, que tinha só 45 anos quando foi expulso do poder — eu ainda não completara quatro anos. A primeira lembrança que tenho do golpe reúne uma palavra e uma imagem, e está cercada de incompreensão. As pessoas ao meu redor diziam "Castelo Branco" — em referência ao marechal que usurpou a presidência do Brasil — e eu pensava num castelo medieval, apenas pintado de branco. Quando entendi que esse Castelo de que se falava era uma pessoa, lembro de ter ficado confuso. Afinal, castelo era nome de gente ou nome de coisa? Por conta disso, nunca mais esqueci o marechal.

Nos anos que se seguiram, a ditadura foi moldando lentamente a vida do País. Pela televisão, pela escola, pelo que proibia e permitia. As crianças dessa época receberam uma carga de patriotismo que as de hoje desconhecem. Vira e mexe hasteava-se a bandeira e cantava-se o hino nacional. Faziam-se trabalhos escolares caprichados sobre os heróis nacionais. Tiradentes era o meu favorito, com aquela cara de Jesus Cristo no quadro de Rafael Falco. No dia 7 de setembro, nós, estudantes, desfilávamos pelas ruas do bairro, e mais de uma vez eu carreguei com orgulho a bandeira nacional. Éramos levados para ver a Exposição do Exército no Parque Ibirapuera. Celebrávamos em tom verde-oliva os 150 anos da independência. A ditadura gostava de uma festa cívica e produzia bons *jingles*, que eram repetidos *ad nauseam* no rádio e na tevê. Alguns deles nunca me saíram da cabeça.

Até hoje, gosto de ouvir "Pra frente Brasil", de Miguel Gustavo. A música dos *90 milhões em ação* animou os jogos da seleção brasileira de 1970, a gigantesca festa da vitória que se seguiu e todos os bailes de carnaval por vários anos, tornando-se o símbolo mais perfeito do ufanismo da ditadura. Enquanto o País celebrava a vitória no México, havia tortura, execuções e desaparecimentos clandestinos, mas nós cantávamos felizes. Éramos as crianças das ditadura.

Lembro que minha irmã do meio, seis anos mais velha do que eu, certo dia me explicou, reproduzindo o que ouvira de alguém mais velho que, se os comunistas tivessem vencido em 1964, todos andaríamos com roupas iguais, como na China. Talvez por ser criança, talvez porque fôssemos pobres e sem muitas opções de guarda-roupa, aquilo não me pareceu assim tão grave. Mas ficou da conversa a ideia de que no Brasil havia alguma espécie de liberdade que em outros lugares não existia. Essa era a mensagem essencial do anticomunismo durante a Guerra Fria, o longo período de luta ideológica entre Estados Unidos e União Soviética. O Brasil da ditadura era um dos lugares em que se travava essa disputa mundial pelo coração e pela mente das pessoas. Meu coração e minha mente, inclusive, embora eu nem soubesse.

Para as famílias de classe média que não foram atingidas pela repressão — e nem se sentiam incomodadas com a falta de eleições —, o período da ditadura deve ter sido agradável. Isso explica por que, ainda hoje, tem gente que marcha na avenida Paulista pedindo a volta dos militares ao poder. Eles têm saudades da prosperidade despreocupada dos anos 70. Como ninguém podia protestar, parecia não haver problemas no país. E o dinheiro corria fácil para quem tinha instrução ou negócios. Na Penha, onde eu morava, na zona leste da cidade de São Paulo, garotos de 14 anos desfilavam em carrões emprestados pelos pais. Se a polícia aparecesse, tudo se ajeitava em troca de um "cafezinho" ou de "uma cerveja". Além da justiça flexível, a classe média tinha uísque importado, cigarros estrangeiros, apartamentos em Santos, aparelhos de som potentes, carros rebaixados, calças jeans americanas, tênis All Star e, a partir de 1972, televisões coloridas que ocupavam espaço enorme na sala, mas davam status proporcional à família. As pessoas não viajavam para a Europa ou Estados Unidos, como se faz hoje em dia. Não havia esse hábito, ou essa possibilidade.

Tanto quanto eu me lembro, a vida de adolescente na década de 1970 era agradável, mesmo que a sua família fosse dura, como a minha. Salvo felizes exceções, não se fazia sexo, mas o resto era abundante. Havia bailinhos de garagem e namoro na domingueira do clube. Gastavam-se horas em frente à televisão, para desespero dos pais. Ouviam-se Beatles, Michael Jackson e Secos e Molhados. Na minha casa, por influência das irmãs mais velhas e de seus amigos intelecas, havia bons livros e conversas culturais, mas essa não era a regra. Ao meu redor, todos pareciam mais preocupados com o caimento das calças bocas de sino e com os cabelos, que *tinham* de ser longos e bem cortados. Os atores de televisão começavam a ditar regras estéticas. Eu, por exemplo, parei de pentear os cabelos e aderi ao black quando Marcos Paulo apareceu com os deles cacheados, na novela *Meu primeiro amor*, de 1972. Devo essa pequena libertação a ele.

Havia um conflito discreto entre a estética hippie, que começava a chegar às roupas e costumes, e a caretice da ditadura, que sugeria vestimenta e comportamento mais austeros. Foi o período do chinelão de couro *versus* o mocassim engraxado. Da bolsa à tiracolo versus a pastinha preta. Havia meninas que podiam sair, namorar e voltar tarde para casa. Outras, só podiam ser cortejadas na escola ou na missa de domingo. Isso entre nós, crianças e adolescentes. Os mais velhos nos contavam (ou mentiam) que faziam sexo no banco de trás do carro, entravam nus na cachoeira e liam revistas pornográficas estrangeiras. Eles também fumavam maconha, mas isso não se atreviam a nos contar. Descobrimos depois, por conta própria.

A ditadura brasileira parecia não ter interesse na vida privada das pessoas. Censurava filmes e peças de teatro por razões morais, mas não tentou impedir as minissaias ou a inesquecível tanga da modelo Rose di Primo no calendário da Petrobras. Ao contrário da ditadura argentina, que se preocupava em reprimir saias transparentes nas ruas de Buenos Aires, os militares brasileiros se concentraram em censurar, prender e matar quem os contestasse. Os que as pessoas faziam deitadas, ou o que vestiam nas calçadas ou nas praias, não interessava ao regime.

O drama da repressão entrava na vida das crianças pelas frestas. Numa tarde de férias, eu estava no quintal de casa, ouvindo música no radinho de pilha, quando escutei uma rajada de rojões. Ou seriam tiros? As duas coisas eram incomuns. Disparei para a rua antes que minha mãe pudesse me impedir. Corri para a esquina da esquerda, virei, desci dois quarteirões e lá estava o amontoado de gente, na porta de um bar. Lembro das feições do dono, um jovem barbudo. Ele estava pálido e trêmulo. Havia poças de sangue escuro sobre os ladrilhos, mas não havia corpos. As pessoas murmuravam que, na rua ao lado, houvera mais mortes. Do lado do bar, saía uma travessa e eu a desci. Lá embaixo, onde quatro ruas se encontravam numa larga encruzilhada, havia outra poça de sangue sobre o asfalto, em frente à casa de um colega de classe, Paulo. Ele me contou o que vira: um rapaz desceu a rua correndo, atrás dele vinha um carro com homens disparando de revólver. O rapaz foi atingido e caiu. De um segundo carro, maior, desceram outros homens que recolheram o ferido. Os dois carros saíram em disparada.

Não adiantava comprar o jornal do dia seguinte atrás de informações, como eu fiz. Havia censura. Aquela história não sairia no noticiário da televisão. Os mortos eram "terroristas", palavra assustadora que a professora de Educação Moral e Cívica usava sem muita convicção. Fuçando na internet para escrever esta crônica, descobri que, naquele bar, foram emboscados três militantes da Aliança Libertadora Nacional, organização de resistência à ditadura conhecida pela sigla ALN. Os três morreram. Passados 40 anos, ainda não se sabe se foram mortos no momento da captura ou depois. O cadáver de um deles, Arnaldo Cardoso Rocha, foi examinado em 2014 pela USP de Ribeirão Preto. Apresentava marcas de tortura e indício de execução. Ele iria completar 24 anos quando a polícia política o encontrou naquele bar da rua Caquito, na Penha, em 15 de março de 1973.

Embora a escola pública daquele período tenha se transformado num aparelho da ditadura, meus professores não eram propagandistas leais do regime. Não me lembro de um único deles, no Estadual da Penha, que falasse de maneira entusiasmada sobre o governo militar. Pelo contrário, recordo o desagrado discreto deles ao perceber que a máquina de propaganda da ditadura fazia efeito sobre nós. Numa ocasião, na aula de Música, meus colegas de grupo e eu escolhemos apresentar a canção "Você também é responsável", de Dom e Ravel. Era uma música arrastada, repetitiva, feita de encomenda para enaltecer o movimento de alfabetização lançado pelo governo em 1967, conhecido como Mobral. A professora não se opôs à nossa escolha, mas lembro do olhar constrangido dela enquanto executávamos aquela ladainha oficialista em frente à classe entediada. Resistia-se à ditadura, mesmo que fosse com uma mirada desaprovadora.

Esse mundo ingênuo começou a acabar, para mim, aos 15 anos, com a entrada no colegial. Na escola federal em que me matriculei, em 1975, se falava de política no pátio, se discutia o governo em sala de aula, se faziam peças de teatro de protesto. Dois anos depois, em maio de 1977, os universitários voltariam pela primeira vez às ruas do centro de São Paulo desde 1968, ocupando o Largo de São Francisco e o Viaduto do Chá, em protesto contra a prisão de um grupo de militantes de esquerda. Nesse momento, a ditadura começou a acabar. Eu tinha 17 anos e ainda levaria oito anos para que militares finalmente deixassem o poder. Quando o fizeram, eu já era homem feito, jornalista, e minha mulher estava quase dando à luz ao nosso primeiro filho. Escapei, por pouco, de me tornar um pai da ditadura. Meu primeiro filho nasceu de cesariana, cinco dias depois da posse de José Sarney na presidência.

Os livros escolares resumem os anos da ditadura a meia dúzia de fotos preto e branco, com narrativas simplistas que dividem o mundo entre bons e maus. Para quem viveu aquele período, a realidade foi mais complexa. A rua Caquito, onde os guerrilheiros da ALN foram mortos, guarda alguma das minhas melhores lembranças de criança e adolescente. A classe média conservadora, que fechava os olhos para os crimes da ditadura ou os apoiava abertamente, era constituída por pais e mães de meus amigos, gente acolhedora de quem tenho boas lembranças. Sem ser idiota ou reacionário, é possível ser nostálgico daqueles dias. Enquanto a ditadura controlava a vida do País com mão de ferro, nós, crianças, nos preocupávamos com os nomes dos cachorros, brincadeiras de rua e programas de televisão. Mais tarde, com o número de telefone das meninas e com o horário em que deveríamos voltar para casa, depois do baile. Na nossa inocência e ignorância, éramos felizes. Vivíamos nossos anos dourados, alheios às trevas que cercavam a vida dos outros.

ANTES QUE A MORTE NOS
SEPARE ANTES QUE A
MORTE NOS SEPARE AN-
TES QUE A MORTE NOS SE-
PARE **ANTES QUE A MORTE
NOS SEPARE** ANTES QUE A
MORTE NOS SEPARE AN-
TES QUE A MORTE NOS SE-
PARE ANTES QUE A MOR-
TE NOS SEPARE ANTES
QUE A MORTE NOS SEPA-
RE ANTES QUE A MORTE
NOS SEPARE ANTES QUE

A GENTE NÃO CUIDA DE NOSSOS AFETOS COM A URGÊNCIA E A DEDICAÇÃO QUE ELES EXIGEM.

Enterros, velórios e missas de sétimo dia são ocasiões que nos fazem pensar, inevitavelmente. Estamos ali, vivos, na presença física ou espiritual da morte. Em geral, ligados a ela por alguém amado ou conhecido que se foi. Não dá para evitar a filosofia nessas horas — e um pouco de medo.

Dias atrás, despedi-me de um conhecido que partiu antes da hora. Entrei sereno na igreja, reconheci velhos colegas e me sentei entre eles para esperar a missa. A cerimônia transcorreu sem sobressaltos até o final, quando o padre deu a palavra à companheira do morto. Emocionada, mas firme, ela leu umas poucas palavras ao microfone. Essencialmente, disse que ele talvez não soubesse o quanto o admiraram, quanto o queriam aqueles que ele deixara para trás. Foi o que bastou para me inquietar.

Por causa das companhias de seguro, que vivem nos lembrando da fragilidade da existência, somos levados a pensar, de vez em quando, sobre o estado material de nossa vida. Se eu morresse amanhã, o que deixaria para trás? Está tudo certo, estão todos amparados, os papéis estão em dia? Gente muito jovem não se preocupa com isso, mas basta ter filhos para que essas ideias, insidiosamente, nos visitem. É natural e até saudável. Só quem se acha eterno está isento de preocupações. Os outros temem.

Mas não foi isso que me inquietou na igreja.

O que as palavras da viúva evocavam era algo diferente, imaterial. Ela falava do legado emocional e afetivo do morto. Ela aludia, em seu breve discurso de despedida, ao que ele deixara sentimentalmente para trás — de forma incompleta — com os amigos, com a família, com a mulher. Suas palavras faziam pensar nas relações rompidas pela morte e no estado das relações com os que ficam. Se morrêssemos amanhã, o que restaria sem ter sido dito? Muito, eu imagino.

Nossas vidas estão repletas de relações pendentes.

Há o amigo, a ex-namorada, a prima com quem você não fala há muito tempo, embora isso o inquiete. Questões grandes ou pequenas esperaram ser resolvidas com o irmão, com o tio, com a amiga com quem você, talvez, não tenha agido direito. No círculo mais íntimo, mesmo ali, persiste a sensação de que nem tudo foi dito entre pai e filho, entre marido e mulher, entre namorados de longa data. Na avalanche estúpida das horas que se esvaem, tendemos a adiar conversas e encontros. Eles não são urgentes, nos parece. Temos todo o tempo do mundo, nos iludimos. É natural que seja assim.

Tudo o que está vivo é incompleto. Não é diferente com as relações humanas. Apenas o que acabou emocionalmente está concluído e encerrado. O resto segue nos assombrando com vírgulas, reticências e interrogações. Aquilo que está vivo é uma possibilidade. Somente a morte coloca o ponto final em algumas relações. Naquelas que mais importam, eu diria. Naquelas que nos inquietam e das quais nos cabe cuidar.

Ao contrário das coisas materiais, é impossível resolver relações vivas. Elas podem ser cultivadas, saboreadas, vividas, mas não resolvidas. Elas prosseguem. Nunca haverá a conversa definitiva com aqueles que a gente ama. Talvez haja a última, mas isso não se sabe. Sabemos da conversa mais recente, da próxima. Dessas deveríamos cuidar. Sempre haverá outro programa de televisão, outro filme, outro amigo chamando ao telefone — mas o momento desse encontro não se repete. As palavras que trocamos aqui (ou não trocamos) fazem diferença.

O que podemos fazer — e que talvez devamos fazer — é manter nossas relações em dia. Se alguma coisa trágica ocorrer, teremos rido juntos ontem, ou falado na semana passada sobre o filme. Talvez tenhamos discutido ao telefone — é inevitável —, mas dormimos abraçados, conversando baixinho. Lembrei de comprar o presente no dia certo, liguei aquela noite como prometido, tomamos um porre medonho na sexta-feira, conversamos longamente no carro durante a viagem. Andávamos na rua quando a chuva começou. Estivemos felizes, estivemos bravos, estivemos juntos. Foi bom.

Será que me faço entender?

As coisas materiais têm o poder de nos obrigar a agir. Nossos sentimentos, estranhamente, não. Saímos todas as manhãs para o trabalho, ligamos para o advogado, trocamos e-mails com gente chata sobre o projeto que nos interessa. Mas não gastamos uma fração dessa energia para cuidar de coisas que nos são intimamente caras: o amigo de quem temos saudades, a ex-namorada que está na pior, a tia de que gostamos tanto. O cotidiano dos sentimentos e a rotina das relações são negligenciados. Ou tratados com menos importância do que deveriam. Ao contrário do que parece, isso não constitui uma traição aos outros, mas a nós mesmos.

Por isso fiquei inquieto com as palavras da missa.

Tive a impressão de que minhas pendências são grandes. As contas e os impostos estão pagos, mas a vida emocional está atrasada. Se eu sumisse hoje, se eu morresse, muitas palavras ficariam a serem ditas, muitos abraços ficariam no ar. Pessoas queridas ficariam sem respostas. Tive a impressão, na missa, de que há muito a fazer antes que a morte nos separe — e que o tempo, afinal, não é tão longo.

PUBLISHER
Kaíke Nanne

EDITORA EXECUTIVA
Carolina Chagas

COORDENADORA DE PRODUÇÃO
Thalita Aragão Ramalho

PRODUTOR EDITORIAL
Zaira Mahmud

REVISÃO
Eni Valentim Torres

DIAGRAMAÇÃO
Marília Bruno

CAPA
Mayu e Dushka (Estúdio Vintenove)

Este livro foi impresso no Rio de Janeiro, em 2015,
pela Edigráfica para a Agir. O papel do miolo é
avena 80g/m², e o da capa é cartão 250g/m².